ペロー昔話を読み解く

赤ずきんの森へ

末松 氷海子

西村書店

まえがき

パリから南西にほぼ三十五キロ、シュヴルーズの谷にブルトイユ城という城がある。城主ブルトイユ男爵の友人だったシャルル・ペローが時折この城を訪れ、一説では子女の教育係でもあったと伝えられていることから、この城は「ペロー昔話の城」または「妖精物語の城」とも呼ばれている。その名のとおり、城のあちこちで、グレバン美術館が制作した蝋人形のペロー昔話の登場人物たちに出会うことができる。広い庭園の片隅にあるおばあさんの小屋には、「赤ずきんちゃん」とオオカミがいる。また、城の中では「長靴をはいた猫」が出迎えてくれたり、「眠れる森の美女」の一場面も見られる。ここを訪れると、ペローの物語がいまもなお変わらず、人々に親しまれていることがよくわかる。

ちょうどペローと同じ時代（十七世紀）、貴婦人たちが主宰する文学サロンでは、妖精物語を創作して発表するのが流行していた。そこで生まれた物語の多くはもはや忘れ去られてしまったが、ペローの物語だけはフランスのみならず、世界中で生き続けている。その魅力はどんなところにあるのだろうか。

「ペロー昔話の城」と呼ばれるブルトイユ城（©S. Wakatsuki）

冗長で修飾語の多い貴婦人たちの作品とちがって、簡潔でむだのない文章で書かれたストーリー、昔話の語りの雰囲気を残しながらも自分の生きている時代や風俗の克明な描写、女の子に赤いずきんをかぶせたり、猫に長靴をはかせたりする奇抜な発想、末尾に付けられた含蓄のある教訓などが、時代を超えて大人にも子どもにも興味を与えてきた。さらに貴婦人たちの物語の多くは、恋人同士の王子か王女のどちらかが、呪いによって動物に変えられ、さまざまな苦難の後に人間にもどって幸せな結婚をするという、いわば決まりきった結末が用意されているが、ペローの場合は、同じように妖精の魔法を取り入れていても、それぞれの作品ごとにもっと多様な筋書きの展開が見られる。そして、登場人物たちの生き方、考え方が現実の我々に近く、実際にはありえない妖精物語というだけにとどまらない。現代の価値観に照らして、共感したり批判したりできるのも、ペロー昔話の豊かさといえるだろう。しかし日本ではグリムの物語のほうが有名なので、ペローというと知られているようで案外知らない人が多いようだ。それが明らかになったのは、豊富なイラストに彩られた『ペロー昔話・寓話集』（西村書店、二〇〇八）を翻訳出版したとき、読者から「結末が今まで知っていた物語とちがっている。」「こんなお話とは思わず驚いた。」といった感想がいくつも寄せられたことによる。

一方、フランスでは、児童文学の歴史はペローから始まるとされ、ペローの昔話を知らない人は少ない。それにならって、私が大学でおこなう講義では、まずペローを取り上げた。すると、読めば読むほど「童話」としてひとくくりに扱うことに違和感を覚えるようになった。いったいこの物語を、ペローはだれに読ませたかったのか、何を伝えたかったのかといった疑問や違和感、

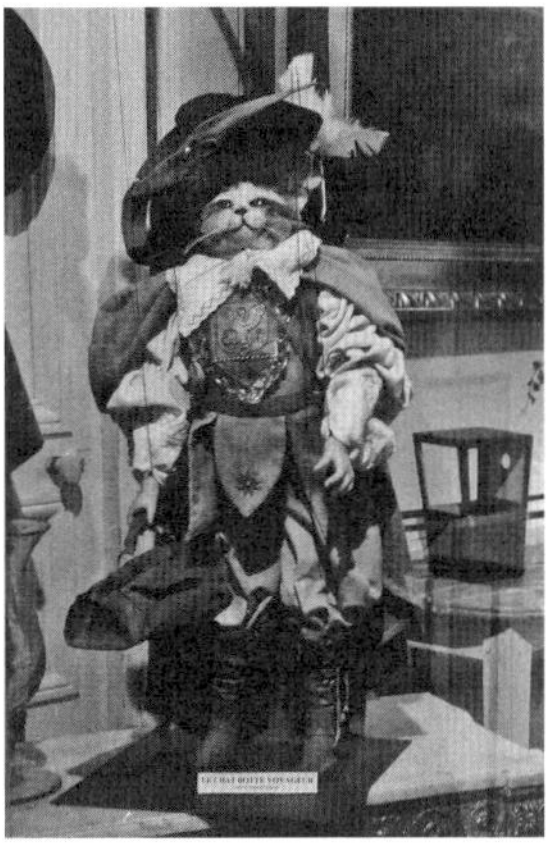

城に入ると出迎えてくれる長靴をはいた猫（©S. Wakatsuki）

ペローの昔話『眠れる森の美女』の一場面（©S. Wakatsuki）

そして読者から寄せられた声が本書を書くきっかけとなった。幸い、ペローに関してはすぐれた文献が多く、それらに助けられながら、各国の昔話やペローの影響を受けた現代絵本や物語を紹介し、さらに自分の興味や体験、身近な出来事も取り入れて編むことができたと思っている。ペロー昔話を中心に、その前後に生まれたたくさんの話を知ることで、いっそう物語世界の奥深さや楽しさを味わっていただきたいと願っている。

目次

❶ 待つことで失うものなし ——『眠れる森の美女』

呪いをかけられて百年間も眠っていたお姫さまの物語、通称「眠り姫」の話は、たいていだれもが幼いころに親しんだ昔話である。しかし、これも『赤ずきん』と同じく、ほとんどの場合知られているのは、ペローの『眠れる森の美女』よりもグリムの『いばら姫』ではないだろうか。

実際グリムがこの話を聞いたのは、フランスから移住してきたハッセンプフルーク家の人からであり、北欧やドイツには類話が少ないといわれているので、もとはフランス系の昔話かペローの再話の影響が大きいと思われる。それでも一般にグリムの『いばら姫』のほうがよく知られているのは、子どもに聞かせる昔話としての雰囲気がよく伝わり、わかりやすくまとまっているからにちがいない。このことは、ペローの作品とくらべてみるとよくわかる。

グリム童話『いばら姫』との対比

グリムの物語はこんなふうに始まる。ある国の王と王妃が、毎日のように子どもがほしいといって暮らしていたが、なかなか恵まれなかった。そんなある日、湯浴みをしていた王妃のところに、水の中からカエルが出てきて、王女の誕生を告げるというのが、話の発端である。一方、ペローでは、王と王妃が「国じゅうの湯治場へ行ったり、願をかけたり、巡礼や信心をする」といった、いかにも通俗的で人間くさい数々の行為をしたことが書かれている。子どもの誕生を願って行うこうしたやり方は、十七世紀の人々の実際の習慣をそのまま映していると考えられる。

同じくペローの物語では、王女の誕生を祝う席に招かれた仙女七人が、それぞれ「世界一の美貌」「天使のような心」「優雅なふるまい」「上手に踊る」「うぐいすのような歌声」「どんな楽器でもみごとに演奏する」という贈り物を授ける。生まれつきの外見の美しさと性格だけは、仙女の魔法にたよらなければどうにもならないだろうが、それを除けば他の贈り物は、当時の貴族の令嬢が精進に励んでぜひとも身につけるべき「美徳」であり、ルイ十四世時代の宮廷における女性の理想的な姿だったと思われる。

鍵をにぎる仙女

このとき、仙女のうちだれか一人でも「慎重さ」「思慮深さ」を贈り物にしていたら、王女の運命は変わっていたかもしれない。なにしろ、つむで手を刺して倒れた王女について、ペローは「王女はとてもせっかちで、少し軽はずみなほうでした。」と記しているのだから。

グリムでは、その国には十三人の賢女（訳本によっては仙女と書かれたものもある。）がいたが、王さまの御殿には「金のお皿が十二枚しかなかったので」一人だけ招かなかったと、いかにもおとぎ話的な単純な理由が記されている。そして、招かれた賢女たちの贈り物も「徳」「美」「富」以外は「この世で人が望むことのできるなにもかも」という記述にとどまり、具体的には書かれていない。また、招待されなかったことを恨んで、復讐するためにやってきた十三番目の賢女のイメージも、「だれにもあいさつをせず、見向きさえせずに大声でわめいた。」との表現から想像するしかなく、年よりなのか若いのかも明ら

呪いの言葉をいう招かれなかった仙女（“DORN-RÖSCHEN”, illustrated by Felix Hoffmann, © H.R.Sauerlander & Co., 1959 Reprinted by courtesy of Dieter Hoffmann and Susanne Grenelmeier-Hoffmann）

かにされていない。

同じ個所が、ペローによれば、招かれなかった仙女はとても年をとっていて、「五十年以上も塔から外へ出なかったので、死んだか、魔法にかけられたかと思って招待しなかった。」と合理的な理由が述べられている。そして、この老婆の仙女が祝宴にとつぜん現れると、一人の若い仙女が、なにか悪い贈り物をしそうなこの年よりの気配をいち早く察知して、自分が最後に言葉を述べることで少しでも不幸を軽くしようと、意図的に壁掛けの後ろに隠れることになっている。グリムでは、たまたま、まだなにも贈り物をしていなかった賢女が、最後に自分の番がくると、王女の呪われた死を眠りに変えるというにとどまる。だが、どちらも王女の苛酷な運命をわずかながら緩和したという点では共通している。

王女が予言された運命の日を迎えたとき、塔の上で糸を紡いでいた老婆に出会う場面も同じである。ただし、王女の眠りの直接の原因になったこの老婆について、ほとんど説明もないグリムに比べると、ペローでは、「つむで糸を紡ぐことを禁止し、犯すと死刑に処す」という王さまの命令をまったく知らなかったばかりか、塔に上ってきた王女がだれであるかも知らなかったと記されている。このように、世間からすっかり隔離され、日々の情勢にもうとく、古い塔の一室でたった一人で糸を紡いでいる老婆といえば、いやでも王女を呪った年よりの仙女を連想せずにはいられない。「五十年以上、塔から外へ出ず」、だれひとりその消息を知らなかったと、最初にはっきり述べられているし、王女誕生の祝宴の席から、また古巣の塔にもどったと考えてもおかしくはないだろう。それが王宮の塔であるかどうかの証拠はなにもないのだが。

子どものころ、この物語を読んだ私は、塔の上の老婆は例の年よりの仙女の化けた姿で、このとき王女を眠らせたのも、前からの計画通りに事を運んだのだとばかり思っていた。しかし、グリムもペローも、この老婆をさも悪い人間であるかのようには描いていない。

むしろ王女が気を失ったことで、すっかりうろたえて、大声で助けを呼んだというペローの描写からは人の好さそうなおばあさんの姿が浮かび上がってくる。だからなおのこと、たった一人塔にこもっている老婆がだれだったのかというなぞは残ったままだ。

螺旋階段をぐるぐる回ってようやくたどり着いた塔の上は、一種の異世界であり、そこには幽閉された娘や超自然的人物が住み着いていたとしてもふしぎではなく、むしろふつうのおばあさんがたった一人で暮らしていたと考えるほうが不自然ではないだろうか。しかしこの点に関して、物語の中では一切触れられていないので、かえって読者の疑問がふくらみ、ペローなりの仕掛けがあるのではないかと思わせる。

この老婆の存在から思い起こされるのは、十六、七世紀にあった「姥《うば》捨て」という歴史的事実である。歴史学者木村尚三郎は森の中でたった一人で暮らしていた「赤ずきん」のおばあさんは「姥捨て」の犠牲者だったのではないかと推測している。(『ヨーロッパからの発想』講談社、一九七八)大家族が一般的だった時代に、山や森に捨てられたり、一人暮らしを強いられる老人が少なくなかったというヨーロッパの歴史が背景にあるのかもしれない。

王女の眠りと目ざめ

つむに刺されて王女が眠りに落ちると、グリム童話の王さまとお妃さまは「ぐうぐう眠りはじめ、おつきのものたちもいっしょに」眠りこむ。城じゅうのすべての人間も動物もみな眠ってしまうところは、いかにも昔話ふうである。しかしペローの王と王妃は眠らず、とくに王は「起きるべきことが起きた。」と冷静に判断し、王女を「宮殿の中の一番美しい部屋に運ばせ、金銀の縫いとりのあるベッドに寝かせ」、いとしい王女にそっとキスをしたあと「外に出る。」

一国を統治する王ともなれば、いくら娘がかわいくてもいっしょに眠りこむわけにはいかず、城をあとにして、別の領地へと立ち去らなければならない。ここには、王女と別れる悲しみに耐えた統治者の情に流されることのない現実的な姿が見られる。

王女の死を眠りに変えて、命を救ったグリムの賢女は、物語のおしまいまで、もう登場することはないが、ペローの若い仙女は「先見の明があったので」、積極的に王女のために、いろいろ役に立つことをする。その一つが、王女が目をさましたときに困らないように、王と王妃以外の城のすべてのものたちを眠らせたことだ。具体的にくわしく記された役職をあげれば「養育係の女、王女付き侍女、小間使、貴族、宮廷付き役人、料理長、料理人、皿洗い、料理場の下働き、近衛兵、守衛、小姓、従者、馬と馬丁、番犬、子犬」であり、これらは実際に当時の王宮で働いていた人々や飼われていた動物であろう。つまり、ペロー自身もすごしたヴェルサイユ宮内部を模したにちがいない。

物語の後半では、王子がやってきたとき「天蓋の幕が両脇に引かれたベッド」や「鏡の間」と具体的な表現が見られ、いっそうヴェルサイユ宮のたたずまいを浮き彫りにする。それればかりでなく「ハンガリー女王の水」や「ロベール・ソース」や「駅馬」など、当時の人々にとってはなじみ深い物を取り入れたペローの物語は、単なる妖精物語ではなく、時代を映したリアルな作品であることがわかる。

これほど現実に即して書かれた物語のなかで、ただひとつありえない魔法的要素といえば、王女が百年間眠っていたことである。私たちがよく知っている浦島太郎は、三百年を暮らした竜宮城から三年のつもりで帰ってくると、自分の暮らしていた村も家もなくなって、まわりは見知らぬ人ばかりであるのに驚き、開けてはいけないといわれた玉手箱を開け、あっというまによぼよぼのおじいさんになってしまう。ところが百年たって目ざめたこの王女は、眠りに落ちたときと同じ十五、六歳の美しい乙女のままであり続けている。

（つむに刺されて眠りに落ちる年齢は、グリムでは十五歳とされているが、ペローでは、十五、六年たったときとしか書かれていない。）

王女は「頬は淡い紅色で、唇は珊瑚《さんご》のよう」と当時の詩的な決まり文句で形容されているように、時間の流れに影響されない美しさと若さが強調される。王女と同様、それを体現しているのが若い仙女であって、一方、対照的な醜さと老いとは、呪いをかけた年よりの仙女と、後に登場する人食い女に表象される。王女を救い、眠っている間に城を灌木で覆い隠したり、王女に楽しい夢を見させたり大活躍する若い仙女は善、反対に老いた者たちは悪、すなわち美と若さ＝善、老醜＝悪という構図が透けて見える。

やがて城へやってくる王子についても、「若くて恋する王子はいつも勇敢なもの」と、ここでも若さが讃えられる。若くて勇敢な王子は、これまでだれひとり近づくことのできなかった城の森へ足を踏み入れる。するとそのとき、大きな木もイバラやとげのある灌木も、自分から進んで道を開けて王子を通し、王子が通るとすぐ、もとどおりに木と木がくっつきあって道をふさいでしまう。こうした情景描写は、同じ時代の妖精物語作家ドーノア夫人（madame d'Aulnoy）の『森の雌鹿（La Biche au Bois）』にも見られる。妃が通る妖精の道は、ふだんはイバラやとげのある灌木でふさがれているが、妃が現れるとすぐに、イバラにはバラが咲き、ジャスミンの木とオレンジの木の枝がからみあって、葉っぱと花でおおわれたゆりかごを作ったと書かれている。実際ヨーロッパの森の勢いはすさまじく、ここに見られるように、一世紀もたてば城を隠してしまうくらいの繁殖力がある。森のイメージは、人間に向かって攻めてくる恐ろしい力であり、人間はいつも森の力を必死で押しとどめなければならない。

ここには単にお話の中の出来事というだけでなく、まわりの森に対して常に努力を払わなければならないヨーロッパ人の歴史的事実が見られる。

王子がいよいよ王女と出会う場面は、一六九六年に『メルキュール・ギャラン』という雑誌にはじめて掲載されたときには、もっと気取った、いってみれば歯の浮くような会話で彩られていた。

「ああ、私が生まれてきたのは、幸いにもあなたにお仕えするためではないでしょうか。その美しいお眼が開かれたのは私のためで、すべての王ができないことを、愛の力で、私は成し遂げたのではないでしょうか。」

「そのとおりですわ。いとしい王子さま。……私は夢の中で、あなたのお姿を拝見し、語り合い、お慕い申し上げておりました。……私を魔法から解き放ってくださる方は、愛の神より美しく、ご自身よりも私を愛してくださることを知っていました。」


このような台詞は、昔話集では削除されて、もっと簡潔な文章に変えられた。

「あなたですの？　私の王子さまは。ずいぶんお待ちしておりましたわ。」

この言葉を聞き、王女のようすにうっとりした王子は「喜びと感謝の気持ちをどんなふうにあらわせばいいのかわかりません。」

この場面は、昔話というよりむしろ恋愛小説のような趣きがあり、当時の貴婦人たちを喜ばせたにちがいない。王女の美しさに心を奪われた王子が、おどおどして、自分の気持ちをうまく表現できないでいるようすを、ペローは「口数の少ないのは愛が深い証拠」と解説する。それは、口先ばかりで、浅はかなおしゃべりの貴公子に対しての、ペローなりの批判であるともいえるだろう。

王女と王子はたちまち恋に落ち、結婚することになるのだが、「話し始めて四時間たっても、話さなければならないことの半分も話し終わらない」王子と王女にくらべると、王女と同時に目をさました宮殿の人々は、「みながみな恋をしているわけではなかったので、お腹がすいて死にそうでした。」とか「二人はあまり眠りませんでした。王女のほうはちっとも眠くなかったのです。」といった、思わず笑いを誘う表現がところどころに見られる。

時の流れ

王子は美しい王女の正装が自分のお祖母さまの時代のファッション、つまり高い襟のついた時代遅れの服であるのに気づく。また夕食のときには、もう百年近く演奏されたことのない古い曲が演奏されるというふうに、ペローはことさら百年という時間を強調する。時間の流れにまったく影響されず、いつまでも若くて美しい王女が生まれ、暮らしていたのは、実は百年前のことであり、めざめるまでには百年という長い時間が経過したのだということをくり返し述べ、昔ながらの言葉遣いや事物を用いて、時の移り変わりを描写している。

昔話には、時間の流れや特定の場所・物事は取り入れないのが原則なので、マックス・リュティ（Max Lüthi）は『ヨーロッパの昔話―その形式と本質』（小沢俊夫訳、岩崎美術社、一九六九）のなかで、「昔話にとって本質的で独特な無時間性をこわしてしまっている。」とペローの昔話を批判している。さらに、ブルーノ・ベッテルハイム（Bruno Bettelheim）は「昔話のファンタジーの中に、こういうつまらない合理性を雑然と持ち込んだことによって、価値がずいぶん下がっている。たとえば、服についてのこまごましたことを描写したので、百年がある特定の百年に限られ、百年の眠りという神秘的、寓意的、心理的な時の意味が消えてしまう。……ペローは、聞き手をおもしろがらせようとして細々とした描写をつけ加え、その結果、昔話の力の重要な要素である、時というもののない感じを破壊してしまった。」と手厳しい。（『昔話の魔力』波多野完治・乾侑美子共訳、評論社、一九七八）

しかし、批判された部分にこそ、ペローの特色とおもしろさがにじみ出ていて、その意味では、ベッテルハイムの批判の一部は適切だったといってもいいすぎではないだろう。ペローは特定された百年を強調することで、いかにも昔話ふうに語られた物語のなかに、自分たちの生きている時代より以前の年月をリアルに浮き彫りにし、この百年間の物事の移り変わりをくっきりと描いて見せたかったのではないだろうか。

嫁ーしゅうとめ関係

ペローの『眠れる森の美女』には、第二幕、つまり人食い女の後日譚があり、王子との結婚によって「めでたしめでたし」で終わるグリムの『いばら姫』とはずいぶんちがっている。グリムはこの第二幕にあたる話を独立させて、『しゅうとめ』というタイトルで初版に入れた。第二版では『ハンスがおよめをもらう』に入れ替え、後に『子どもと家庭の童話集 第三巻注釈編』に少し短縮して、『邪悪なしゅうとめ』というタイトルで加えたという。（グリムの原注によると、『シンデレラ』の類話の一つに、王子と結婚した後に『眠れる森の美女』の二幕目とそっくりな話が付け足されているものがあるそうだ。）

これはまさにグリムのタイトルどおりの、王子の邪悪な母親の話である。一幕目には、当時の慣習や王宮のようすなどがあざやかに描きだされていたが、二幕目ではそれ以上に、現代にも通じる人間関係の普遍の真理が主要なテーマになる。家族のなかで、息子と母親または娘と父親の特別な結びつきは、今さらめずらしいことではないが、息子と母親の絆が強すぎると、マザコンだの嫁しゅうとめ問題だのといわれるやっかいな事態を引き起こす。この問題は、今も昔も、実際の家族関係から始まって小説やドラマの格好のテーマになっている。

ここに見られるしゅうとめ像とは、息子を偏愛するあまり、息子のすべてを把握していないと気がすまず、なんでも自分に従わせる。いうまでもなく、自分の眼鏡にかなった身分相応の女性を結婚相手に選び、それでもたびたび文句をつけ、なにかにつけて、息子の家庭にまで入り込んで指図したり、干渉したがる困った存在である。息子の巣立ちを喜んで受け入れ、かげで見守りながら、必要なときにだけ助言する本来の母性愛とは、まったくかけ離れている。

この王子の場合も例外ではない。王子は王女と出会って結婚したことを両親にいわなかった。そして王女のもとに通い、泊まってくるたびに、いろいろといいわけを考える。すると、父王はそれを信じるが、母の王妃のほうは、息子に対する母親の鋭い勘が働いて、恋人ができたにちがいないことを確信する。そのころ王子には、王女との間に二人の子どもまで生まれていたのだが、母親にはけっしてこの秘密を打ち明けようとはしなかった。というのは、この母は人食いの種族なので「母を愛してはいたが、恐れてもいた」からである。父王は、妻の莫大な財産に目がくらみ、人食いを承知で結婚したという。このように、出自がどうであろうと、お金目当てに結婚することは、男女を問わずそれほどめずらしいことではなかったにちがいない。

父王が死んで、いよいよ王子が跡継ぎの王となり、妻と二人の子どもを連れて、いっしょに国で暮らすことになる。新しい王が戦争で国を留守にした間に、人食い女の王大后は孫たちと嫁を次々に食べてしまおうとするが、結局だまされて失敗し、最後には、自分で自分の身を滅ぼす。

物語では半分戯画化されているものの、しゅうとめの多くは、息子の愛する者を抹殺して、息子の気持ちを自分一人に向けさせたい欲望が強く、人食い女になるほど息子に執着するものと思われていたらしい。こんなやっかいな母親でも、いざ死んでしまうと「(王は)それでも悲しい思いをした。なんといっても母親なのだから。」と、息子の複雑な心情を吐露し、母親と妻の間で板挟みになって苦しむ世の多くの息子たちの代弁をしている。

ちなみに、この二幕目になると、王女が百年眠っていたことは、ほとんど物語に影響を及ぼさず、むしろ忘れられたといってもよい。ただ一か所だけ、人食い女が食べようとした若い王妃は「眠っていた間の百年を数えないとしても、二十歳を超えていた。」という表現が見られる。いわゆる「眠り姫」の物語は、一幕目で完結しているので、二幕目は蛇足といってもいいだろう。フランスの有名なカストール絵本(注1)のシリーズでも、この二幕目を省いたグリム版が出版されている。こうした例を見ると、二幕目を切り離して単独の物語に編集したグリムのほうが適切だったとも思われる。ではなぜペローが二幕目を採用したのかというと、ペロー以前の古い文献の中に、この二幕目に似たエピソードの記述があるので、これがなんらかの影響を与えたのではないかと考えられる。

注1　一九三一年ポール・フォーシェが出版を始めた幼年向き絵本のシリーズ。フォーシェは自身を巣作りにはげむカストール（ビーバー）おじさんと名乗った。簡素な作りで安価だが、すぐれた挿絵が有名である。物語絵本のほかに工作絵本・知識絵本があり現在も刊行されている。

類話

『太陽と月とターリア』

それは、ナポリの詩人ジャンバティスタ・バジーレ（Giambattista Basile）が一六三七年に書いた『ペンタメローネ（Pentamerone）』（邦訳『ペンタメローネ五日物語』杉山洋子・三宅忠明訳、大修館書店、一九九五）の中の『太陽と月とターリア』（注2）という物語である。

王女ターリアの誕生に際して、王はあらゆる賢人や予言者に娘の将来を占わせる。すると亜麻の繊維によって危険な目にあうことがわかった。そこで王は城へ亜麻を持ち込むことを禁じる。しかし、成長したターリアは、ある日一人の老婆の糸紡ぎを見て好奇心に駆られ、自分も試みたところ、爪の間に繊維がささって倒れてしまった。

王は宮殿のビロードの安楽椅子に娘をすわらせ、城から立ち去る。しばらくすると、別の国の王が狩りに来て、城の中をさまよい、眠っているターリアを見つけ、その美しさのとりこになって双子（名を〝太陽〟と〝月〟という）を産ませる。

あるとき、双子の一人がお乳をほしがって、母親の指を吸ったことで、亜麻の繊維が抜けて、ターリアはよみがえった。王はたいへん喜んだが、王の妻である王妃は、王に愛されているターリアと子どもたちを憎んで、殺そうとする。だが最後は王によって救われる。

注2「ターリア」という名前は、古代ギリシャ語で花の「開花」を意味する女神タレイアからつけられたと思われる。タレイアは、ギリシャ・ローマ神話に登場するアフロディーテの侍女で三美神の一人。

『ペルスフォレ』

もっとさかのぼると、十四世紀に古いフランス語で書かれた散文小説『ペルスフォレ(Perceforest)』があり、これが一番古い類話ではないかと推測される。

王女ゼランディーヌの誕生祝いに招かれた三人の女神のうち、女神テーミスは自分のところにナイフが置かれていないことに腹を立て、王女は糸紡ぎの際、亜麻の繊維が指に刺さって、それが抜けるまで眠っていなければならないと呪いをかける。それがほんとうになったとき、王女の恋人が城に忍びこみ、王女と契りをかわす。王女は眠ったままで、男の子を生む。その子が母の指から亜麻の繊維を吸い出したので、母の王女は目をさます。

これらの作品に共通しているのが、「王女の将来への予言」「つむの危険」、そしてペローには見られない「眠ったままでの王女の懐妊」である。ペローがこれらの物語を知っていたとしても、当時の貴族の子女を読者として意識していたからか、『ペンタメローネ』に見られるような既婚の王が眠っている美女に子どもを産ませるという不倫を犯す場面は避けて、未婚の王子が目ざめた王女と婚礼の式をあげ、後にしゅうとめの嫉妬を受けるというふうに改変したのではないかと思われる。美女、王子、しゅうとめの三人の交わりのほうが、王、王妃、美女の三角関係よりまだしも正当化できると思ったのかもしれない。

これについて、マルク・ソリアノ（Marc Soriano）は、「古い伝承では、眠ったままの懐妊が聖母マリアの処女懐胎を思わせて、不自然とは見なされなかったが、ペローの時代は合理主義がさかんになってそれが成り立たなくなった。ちょうど時代の分岐点にいたペローは、自分の物語をこのように新しく作り直したにちがいない。」と述べている。

眠りの意味

ペローが『眠れる森の美女』とタイトルにも掲げたように、この物語の重要なテーマは「眠り」である。人間は眠ることで心身ともに休まり、新たな活力を得る。同時に、夢を見ることを通して異界体験をすることもできる。異界と「眠ること」とが結びついて、ふしぎな宝や力を得る話は、『古事記』にも興味深い例が見られる。

坂本勝によると、『古事記』の中に出てくる「根の国」の「根」は「寝」に通じている。そこへ行くには、「黄泉比良坂《ヨモツヒラサカ》」を通るのだが、サカは境界、ヒラは切り立った崖を意味するので、なだらかな道のりではなく、垂直的に落下するイメージを伴う。このような異界への行き方は「眠り」とかかわって想像されたからではないかと思われる。そして、「根の国」はあたかも「寝の国」であるかのように語られる。

スサノオはこの国へきて、静かに眠ることで心の安らぎを得るし、オオナムジが蛇や蜂の室《むろ》にいきなり「寝」かされたのも、それが「根＝寝」の国の試練だったからだ。「根の国」になじむには「寝」ることが必要だったのである。そして、オオナムジは「根の国」でふしぎな力を持った太刀と弓矢を得て、意地の悪い兄たちを滅ぼし、地上の国作りを行った。それは少年オオナムジが死んで、オオクニヌシとして蘇ったことを意味している。地上のアシが根を通して大地から養分を得るように、人間の住む「芦原中国《あしはらのなかつくに》」は「根の国」から力をもらったということができる。

人間も「寝」ることで力を得る。だが「永遠の眠り」といえば死を意味するように、「眠り」は生と死の両義的な意味をもっている。だから「眠りに落ちる」ことは、よりよく生きることと、よりよく死ぬことを同時に経験することでもある。「根の国」がオオナムジに力を与える場所であり、同時に「黄泉の国」と重なる死者世界でもあるという両義性を持つのは、その点からいえばごく当然のありようなのである。異界を訪れて新しい力を得る

には、「眠り」という擬死体験が必要だった。（『古事記の読み方―八百万の神の物語』坂本勝、岩波書店、二〇〇三）

「眠り」が生と死の表裏一体であるとすれば、ペローの物語の王女も擬死体験を経てよみがえり、新たな活力を得て次の人生を歩み始めたと考えられる。そればかりでなく、ペローは「眠ること」を「待つこと」と同じ意味にとらえた。なにを待つのかといえば、それは夫、すなわち結婚相手の出現である。物語の結末の教訓（モラリテ）には、次のようなことが書かれている。

「金持ちで美男子で、感じがよくてやさしい、そんな結婚相手とめぐりあうためにある程度待つというのは、あたりまえでしょう。しかし百年も、それも眠ったままで待つとは。そんなにおとなしく眠っている人など、いまどきの女性にはいません。」

さらに「夫婦になるという楽しい約束は、たとえ延期されてもちゃんと果たされ、幸せがくる。待つことで失うものはなにもないということ。けれども、女性というものは、本来、結婚の約束を夢中で望むものですから、私は、この教訓をわざわざ女性に説教する気にはなれません。」と続く。

要するにペローは、若い娘たちに「あわてて結婚を決めず、ゆっくり見極めなさい。そのせいで失うものはないのだから。」といいたかったのだろう。ここには、時が熟せば不可能と思われたことも自然に解決できる、という昔話に多く見られるメッセージがこめられている。

ペローに教えられるまでもなく、「果報は寝て待て」「待てば海路の日和あり」とのことわざがあるように、結婚に限らず「待つこと」は確かに大切にちがいない。しかし、百年もの間眠りながら待っていると、すばらしい王子があらわれ、幸せになったはずの王女でも、結婚後しゅうとめの嫉妬にさいなまれるのだから、一概に待てば幸せになるともいい切れず、結婚による人間関係の難しさが改めて浮き彫りにされる。

一方、若い娘の結婚については、逆にあまり待ち過ぎるとこんな目に合うということを、ペローと同時代の詩人ラ・フォンテーヌの『寓話』の中の「サギ-娘」（『ラ・フォンテーヌ寓話（下）』今野一雄訳、岩波書店、一九七二）が教えてくれる。

空腹にもかかわらず食べ物の選り好みをしていたサギは、結局小さなつまらないえさにしかありつけなかった。同じく、結婚相手に文句ばかりつけて、なかなか決めなかった高慢な娘は、だんだん年をとってあせりはじめたころに、つまらない男を夫にした。いうまでもなく、これは「待つこと」の悪い例としてあげられた寓話である。ここに出てくる娘は眠って待っていたわけではなく、高望みをしてだれかれとなくけちをつけていただけだし、仙女の魔法の効果があるはずもなく、年相応に容色は衰えて醜くなり、ペローの王女とはまったくちがっている。しかし、ペローの王女が自分の思いを口にすることなく、すべて運命と人まかせで静かに眠って待っていたのに比べると、この娘は、少なくとも自分の意志で結婚相手を選ぼうとしていた。結局は自分のわがままと思いあがりで、すばらしい人をみな取り逃がしてしまったが、それも自業自得で、「おしまいにがさつな男にめぐりあってすっかり満足し、うれしがっていた」のである。まわりからどんなに憐れまれようと、陰口《かげぐち》を叩かれようと、本人が満足して喜んでいるのなら、こんな結婚でもそれはそれでよく、なにもいうことはあるまい。

王女の「眠り」については、当時の女性の立場という視点から考える論考もある。

金成陽一は、『だれがねむり姫を救ったか』（大和書房、一九九三）の中で、「『眠り』は物言えぬ女性をシンボリックに表現したものか、あるいは社会的存在感がまるで希薄であったという意味でもあるのか。女は眠っているようにおとなしくしてさえいれば、最後には幸せを掴むことが出来るとでも言いたいのだろうか。」と疑問を投げかけている。さらに「眠り続ける美女の姿は、長く続いてきた男性優先社会で発言を許されることもなく、全てを耐え忍ばざるを得なかった弱い女の立場を象徴させているかのようだ。」ともいっている。

シモーヌ・ド・ボーヴォアール（Simone de Beauvoir）もまた、一九四九年に一世を風靡した著書『第二の性』（中嶋公子・加藤康子監訳、新潮社、一九九七）の中で次のように述べる。

「女は、『眠れる森の美女』、『ロバの皮姫』、『シンデレラ』、『白雪姫』であり、受け入れ耐え忍ぶのだ。歌や物語のなかには、危険を冒して女を探しに行く若者が登場する。女のほうは塔やお城、庭や洞窟に閉じ込められている。岩につながれ、囚われの身となり、眠り込んでいる。彼女は待っているのだ。いつか王子さまがやってくるわ……（いつかやってくるわ、わたしの愛している人が……）、ポピュラーソングのリフレインが忍耐と希望の夢を彼女に吹き込む。女にとって一番必要なこと、それは男の心を魅了することである。たとえ勇敢で向こう見ずであっても、すべてのヒロインが切望するのはこの報酬なのだ。そしてたいていは、美貌以外の美徳は要求されない。……王女様だろうが女羊飼いだろうが、愛と幸せを手に入れるためにはつねに美しくなくてはならない。」

ベッテルハイムは先の著書の中で「美しい乙女が長い間眠っていることには、別の意味も含まれている。ガラスの柩に眠る白雪ひめにせよ、この眠れる森の美女にせよ、その若さ、その完全な姿を永久に保ちたいという、青年期の夢を表わしているが、それはまさに夢なのだ、ということである。もとは死の脅しであった呪いが、長い眠りに変えられる。それは、この二つが全く別物ではないことを示す。もし我々が、変化し、発達することを望まなければ、それは、死のような眠りにおちているのと変わらない。眠っている間の眠れる森の美女や白雪ひめの美しさは、冷たい美しさである。そこには孤立した自己愛しかない。こういうふうに外界を排除して、自己にだけ閉じこもっていれば、苦しみはない。しかし、そこからはなんの知識も得られないし、どんな感情をも経験できない。」（『昔話の魔力』〈前掲〉）と述べている。

＊＊＊

日本でもつい数十年前まで、おとなしく自己主張せず、一歩下がって男性を立てる従順な女性が理想とされてきた。ほとんどの女性の人生の最終目標は結婚であり、良き妻良き母になることだった。良家の子女であればあるほど、自分で相手を選ぶことはできず、たいていの場合は親をはじめ、しかるべき人々が、家柄や職業などを吟味して、ふさわしい相手を決定するのが当たり前だった。どんなに不幸せな結婚でも、女性から離婚を言い出すことは難しく、すべてに我慢し耐えることが、最高の美徳とされた。まさに深い森のイバラの垣根によって、社会から遠ざけられ、自身で考えることも知識を得ることもなく、眠っているだけの美女そのものだったといえよう。しかも、目覚めるのは自分の意志ではなく、運命と他者（男性）に頼るしかなかったのだ。

いまでは、このような理不尽な結婚は考えられないし、結婚だけが人生のすべてではないと考える女性も増えた。それでも結婚にあこがれる女性の気持は、「婚活」などの言葉に表されるように、昔も今もあまり変わっていないようだ。これはという相手になかなかめぐり逢えないとき、「待つことで失うものはない。」というペローの言葉は慰めとも救いともなるように思う。

今だったら「待つ」間にするべきことはたくさんある。勉強や仕事に励んで、自分自身を磨き、視野を広げて、他人にも社会にも役立つことをするなど、失うどころか、むしろ将来のために得るもののほうが多いにちがいない。なにもせずに人頼みで、眠りながら「待つ」のではなく、積極的に物事に取り組みながら「待つ」のが、現代の女性らしい、充実したよりよい生き方といえるのではないだろうか。

❷ 女の子は強く賢く――『赤ずきんちゃん』

『赤ずきんちゃん』といえば、おそらくだれもが知っている有名な昔話だろう。

病気のおばあさんのお見舞いに、お母さんからパンケーキとぶどう酒を持たされ、森を抜けて出かける途中でオオカミに出会い、オオカミの口車に乗せられ道草をし、おばあさんの家に着くとすでにおばあさんは食べられ、おばあさんに扮したオオカミが待ち受けていた。かくしてオオカミに食べられ……そして、ほとんどの人は、オオカミに食べられた赤ずきんが狩人に助けられて、オオカミのおなかから出てくるのがこの話の結末だと思っている。ところがペローの場合はそうではない。

赤ずきんちゃんは着ているものをぬいで、ベッドに入りましたが、ねまきを着たおばあさんの姿にとても驚きました。そこで、おばあさんにたずねました。

「おばあちゃん、なんて大きな手をしてるの?。」

「おまえをしっかり抱っこできるようにさ。」

「おばあちゃん、なんて大きな足をしてるの?」

「もっと早く走れるようにさ。」

「おばあちゃん、なんて大きな耳をしてるの?」

「もっとよく聞こえるようにさ。」

「おばあちゃん、なんて大きな目をしてるの?」

「もっとよく見えるようにさ。」

「おばあちゃん、なんて大きな歯をしてるの?」

「おまえを食べるためだ。」

こう言って、この悪いオオカミは赤ずきんちゃんに飛びかかって、食べてしまいました。


これでおしまい。だから、ペローの『赤ずきん』を知ると、たいていの人がショックを受ける。ペローの昔話のなかで、ただひとつハッピーエンドにならない不幸な物語が、この『赤ずきん』なのである。(二〇一〇年刊行のフランスの有名なカストール古典絵本シ

グリム版テキストを用いているカストール古典絵本シリーズの赤ずきん（“Le Petit Chaperon Rouge”, Un conte de Grimm, illustration de Ilya Green © Flammarion, 2010)

リーズ〈1章30ページの注1参照〉の『赤ずきん』（図）を見ると、ペローではなくグリム版を使っている。やはり、いまはフランスでも、ハッピーエンドのグリムのほうが受け入れやすいのだろうか。）

幸せな結末をむかえるグリムの『赤ずきん』が一般によく知られているので、ドイツ特有の昔話と考えられることが多かったが、実際はドイツにはあまり類話がないといわれている。最初にかわいらしい女の子によく似合う赤いずきんをかぶらせて、『赤ずきんちゃん』という愛称をタイトルにしたのは、ほかならぬフランスのペローだった。

赤ずきんの象徴するもの

ずきんをかぶるのは、上流階級の令嬢がおしゃれで身につけるというより、働く庶民の娘のほうが一般的だったから、私たちがこれまで絵本や挿絵で親しんできたフードつきケープやベレー帽をかぶった「赤ずきん」の姿は、おそらく都会的で洗練されすぎていて、実際ペローが頭に描いていた農村の少女像とはかけ離れているにちがいない。

だが前に述べたように女の子に赤いずきんをかぶらせたのは、ペローの発想であり、それによって赤ずきんという普通名詞が固有名詞になって世界中に定着した。

それにしても、ペローはなぜ女の子に「赤い色」のずきんをかぶらせたのだろうか。もちろん「赤」はよく目立つ色だし、とくに女の子が好きな色でもある。それによって女の子のかわいらしさを強調することもできる。しかしそれだけではなく、西欧の中世から宗教改革期にかけて「赤」という色は「反社会的、非社会的な人物を瞬時にして区別し差別できるように、目印として着用を強制された色で、一般の人には娼婦が好んで身につける色、〝悪魔の色〟としてさげすまれ、忌み嫌われた。」とされている。(『メルヘンの深層─歴史

が解く童話の謎』森義信著、講談社、一九九五）

このような扇情的で危険を示す差別的な意味をもつ赤いずきんをかぶって、たった一人で歩く女の子だったから、オオカミは気安く声をかけることができたのかもしれない。この色が物語の結末の惨事を暗示しているともいえよう。他方、赤ずきんという被りものは、赤ん坊がたまに被ったままで生まれてくる母親の羊膜、すなわち「胞衣《えな》」と関連があり、古代からの信仰や習俗から見た「胞衣」の聖性を構造主義の観点から論じた斬新な考察がある。それによれば、赤いずきんは女の子を保護する力をもっていて生死に関わる重要な働きをする。ちょうど、母体とつながって外界から胎児を守る胞衣のように、大きな力があるという。（『「赤ずきん」のフォークロア』私市保彦、今井美恵著、新曜社、二〇一三）

ではペローはこの物語でなにをいわんとしたのだろうか、それは末尾に付けられた教訓で明らかであり、「赤」という色との関連からも読み解くことができるだろう。

「これでおわかりでしょう、幼い子どもたち、とくにきれいで、かわいく、気立てのいい若い娘たちが、だれの言うことでも信用するのは、まちがいだということが。
そのために、オオカミに食べられたとしても、まったくふしぎではありません。

オオカミといっても、全部が同じ種類ではないのです。たとえば、愛想がよくておだやかで、機嫌がよく、怒りっぽくなく、人なつっこく、だれにでも好かれるやさしいオオカミが、若い娘たちのあとをつけてきて家の中へ、ベッドの脇まで入りこんだりするのです。ああ、けれども、こんなやさしげなオオカミこそ、あらゆるオオカミの中でいちばん危険なのですよ。」

この教訓に見られるとおり、ペローが子どもや若い娘たちへの警告としてこの物語を書いたのだとしたら、『赤ずきん』を安易に生き返らせるわけにはいくまい。

ペロー以前の赤ずきん

ペローに先行する民間伝承に『女の子とオオカミ』という話がある。ここに出てくる女の子は、当然のことながら赤いずきんはかぶっていないが、まちがいなく『赤ずきん』の誕生に大きな影響を与えたと思われる。それは次のような物語である。(『フランス民話集』新倉朗子編訳、岩波書店、一九九三)

年季奉公に出ていた娘が年季が明けたので、おみやげをもって母親のところに帰る途中、オオカミに出会う。オオカミは娘に「留め針の道を行くか、縫い針の道を行くか?」とたずね、娘の行かないほうの道を先回りして、母親を食べてしまい、母親に化けてベッドに寝ている。遅れてきた娘がおなかがすいたというと、「肉をお食べ」といい、のどがかわいたというと「葡萄酒をお飲み」という。娘がそのとおりにすると、猫や小鳥がきて「おまえは母さんの肉を食べ、血を飲んでいるんだよ」と教えてくれる。それでも娘は眠くなったといって、誘われるままにオオカミといっしょに寝る。


「母さん、なんて長い爪なの?」

「年のせいだよ、年のせいさ。」

「なんて長い髪なの?」

「年のせいだよ、年のせいさ。」

「なんて長い歯をしてるの?」

「年のせいだよ、年のせいさ。おまえを食べるためさ。」

同じような話はいくつもある。次の話では、娘がオオカミ（この場合はおばあさんに化けている）から、服を脱いでベッドに入るようにといわれ、着ているものを一枚ずつ脱ぎながら、それをどこに置こうかとたずねる場面がある。するとオオカミは、「もういらないのだから火にくべておしまい。」と命じる。飢えたオオカミは、娘を一刻も早くむさぼり食ってしまいたいのだから、衣類などはやっかいなだけだ。そして、問答の中に「おばあさんはなんて毛深いの？」「体を温めておくためさ。」という文句がまじる。裸になった娘が毛深いオオカミの傍らに寝るという場面からは、いかにも卑猥な空想がかきたてられるようで、こちらの類話のほうがより直接的に性的な側面を強調しているといえよう。

どちらの伝承も、娘はオオカミに食べられてそれっきりという悲劇で終わる。ペローは当然こうした伝承をもとに『赤ずきん』を創り出したにちがいない。しかし十七世紀の貴族社会の価値観や礼儀作法を十分考慮して、伝承に見られる次々と着物を脱いでいく行為や〝毛深い〟という表現を避けた。そして、母親またはおばあさんの肉を食べ、血を飲むという、なんとも残酷でおぞましい箇所も使わなかった。

ポール・ドゥラリュ（Paul Delarue）によれば「ペローの再話には、いくつかの要素が欠けている。どれもそのままにしておいたら、当時の人々にひどいショックを与えたに違いない要素」として前述の箇所があげられている。「それでいて話の持つ民話的な雰囲気や生き生きとした持ち味はそのまま取り入れた。だからこの話は不朽の名作になったともいえよう。」と述べているように、次のせりふのやりとりは、まるでわらべ歌のくり返しの文句を思わせる。おそらくフランス人なら、たいていすぐに口ずさむことができるはずだ。

「トン、トン。」「だあれ?」「赤ずきんよ。」「取っ手をお引き。掛け金がはずれるから。」
(Tire《ティール》 la《ラ》 chevillette《シュヴィエット》, la《ラ》 bobinette《ボビネット》 cherra《シェラ》)

調子のいいリズムと音のひびきでだれもがすぐに覚えられる。ちょうど日本昔話の『桃太郎』でイヌ・サル・キジが次々とキビダンゴをもらい、「一つください、おともします。」といって桃太郎の家来になるのと似たようなものだろう。

しかしペローは、やはり伝承に見られる「留め針の道、縫い針の道」という慣用句は使わず、もっとわかりやすく「こっちの道、あっちの道」と記した。「留め針の道、縫い針の道」にはどのような意味があるのだろう。二つの道の選択にはおそらく単なる思いつきではない重要な意味がこめられている。私市保彦によれば、「飾りものを身につける〈留め針〉をえらぶことによって、赤ずきんは快楽原理をえらんだのであり、女の子から思春期

の娘になる道を歩みはじめたのである」。（『「赤ずきん」のフォークロア』〈前掲〉）

こうして「留め針の道」を選んだ赤ずきんははじめて異性と出会うことになる。針仕事が重要な家内工業の多く見られる地方に『赤ずきん』伝承が多く、二つの針の道の選択があることに注目しているフランスの民俗学者がいる。一方、マルク・ソリアノ(Marc Soriano)はよく知られた子どもの遊びとの関連を指摘する。「縫い針と留め針、どっちがいい？」とたずね、もし相手が「縫い針」と答えると腕をつっつき、「留め針」というと腕をつねる真似をする遊びである。古くからのたわいのない子どもの遊びを取り入れることで、語りがいっそう生き生きと現実味を帯びて理解されたのかもしれない。

さらに、ジャック・ザイプス（Jack Zipes）は、「ペローの為した芸術的偉業とは、実に彼が民話のモティーフを盗用してそれらをまったく別のイデオロギーに染め上げ、プロットの諸要素を上流階級の大人と子どもにとってより受け入れやすいように様式化したことにある。」と皮肉まじりに述べている。（『赤頭巾ちゃんは森を抜けて―社会文化学からみた再話の変遷』廣岡糸子ほか訳、阿吽社、一九九七）

母親像

ペローが再話した『赤ずきん』は、グリムの長い状況描写や会話にくらべると驚くほど短く、まるで新聞記事のような簡潔さで書かれている。

冒頭で、母親が赤ずきんを送り出すときの台詞は、「おばあさんのお見舞いに行っておくれ。なんでも具合がよくないそうだから。ガレットとバターのつぼを持ってお行き。」というにとどまる。小さな女の子がたったひとりで、それもよく目立つ赤い頭巾をかぶって、当時は実際にオオカミがいて、子どもを襲うこともあった森を通って行くというのに、なんの注意も与えない。こんな思慮の浅い母親では、女の子がオオカミに食べられても仕方がないと思わせる場面である。

一方、グリムの母親は、うるさいほどたくさんの注意を与える。

「さあ、赤ずきんちゃん、このお菓子とワインのビンをもって、おばあさんの家に行っておくれ。おばあさんは、病気で弱っているから、これで元気づけてもらうのよ。暑くならないうちに、出かけなさい。外に出たら、落ち着いて駈け出したりしないで、ころんでビンを割らないようにね。おばあさんに、なにもあげられなくなっちゃうからね。それから、おばあさんの部屋に入ったら、かならずごあいさつをなさいね。部屋のあちこちをキョロキョロしちゃいけないわよ」

子どもは、いっぺんにいろんなことをくどくどいわれると、なにが大切かわからなくなるものだ。案の定、赤ずきんも母親のいいつけを守らず道草を食い、オオカミに食べられる。だが、助け出されたときには「お母さんがいけないとおっしゃったら、もう、二度とたった一人で森の中で道草を食ったりなどしないわ。」と反省し、肝に銘じる。これは『子どもと家庭の童話集』というグリムのタイトルにふさわしい結末といえるだろう。

しかしペローの母親はもちろん、これほど口やかましいグリムの母親でさえ、オオカミが危険な動物だという、一番肝心なことをまったく教えていない。だから、どちらの赤ずきんも「オオカミのいうことに耳を貸すのは危険だということを知らず」（ペロー）、「オオカミがどんなにおそろしい動物か知らず、こわいとは思わない」（グリム）ままで、その餌食にされるのだ。母親の責任は大きい。

赤ずきんの死とよみがえり

おばあさんの家に入ってからは、ペローの赤ずきんはおばあさん＝オオカミに「こっちへきて、私といっしょにおやすみ。」といわれ、着物を脱いでベッドに入ろうとしたときから、例の問答が始まる。伝承では多少順序の入れ変わりがあっても、「毛深さ」「大きな肩」「長い爪」「長い髪」「長い歯」が問題視されたが、ペローでは「大きな腕」「大きな足」「大きな耳」「大きな目」そして最後に「大きな歯」となる。最後に女の子が食べられてしまうには、どうしても「大きな、または長い歯」だけは変えるわけにはいかなかった。

前述の私市・今井説により、ずきんに女の子を守る力がそなわっているとすれば、それを脱いだ時点で女の子はもう無力になってオオカミの犠牲になるしかなかったのではないだろうか。その前に赤ずきんは森でオオカミと出会っていて、お腹のすいたオオカミはすぐにでも女の子を食べたいと思ったが「きこりたちがいたので」できなかった。だがそればかりでなく、女の子はこのときはまだずきんをかぶっていたからこそしっかりと守られていたとも考えられる。

グリムでは、赤ずきんは服も脱がず、ベッドにも入らず、ベッドに近寄ってカーテンを開けるだけになる。子どもにはできるだけ性的な空想をさせまいとする十九世紀の子ども教育からすれば、当然の配慮といえるだろう。そして問答の「大きな耳」「大きな目」「大きな手」まではペローとたいして変わらないが、「大きな歯」の代わりに「大きな口」と書かれているのが、赤ずきんを生き返らせるための重要な点である。歯で咀嚼すればもうもとの姿にはもどらないが、口で丸ごと飲み込めば、もとどおりによみがえる可能性がある。歯か口かを使い分けることが、赤ずきんの運命を左右する一大要素になるのだ。なおグリムの赤ずきんはずきんをかぶったままでオオカミに飲みこまれる。狩人（猟師）が助け出そうとオオカミのおなかを切りはじめたとき、まず目にとまったのが赤いずきんだった。赤ずきんのよみがえりには、最後まで身につけていたずきんの力が大きかったといえよう。

オオカミの存在

実は民間伝承にも、「大きな歯」ではなく「大きな口」と表現され、女の子がオオカミの魔手から逃れる類話がある（版によっては〝大きな歯〟と書かれている）。また、オオカミそのものではなく、ブズーと呼ばれる狼男、または人狼が登場する版がある。

人間がオオカミに変身し、人間を殺して食べるという俗信は、魔女伝説と同じく中世にさかんに広められた。首から下は人間の体で、顔だけがオオカミという人狼は宮廷文学の題材にもなった。たとえば、フランス最古の女流詩人マリ・ド・フランス（Marie de France）は、ケルト世界のふしぎな狼男伝説から『ビスクラヴレット（Lai du Bisclavret 狼男）』を創作した。ブルターニュ地方のある領主は呪いによって週に三日家を出て狼男に変身しなければならない。それを不審に思った奥方に問いつめられ、やむなくこのひみつを打ち明ける。すると奥方は愛人とともに変身のとき夫が脱ぎ捨てる衣服を奪って隠し、二度と人間の姿にもどれないようにたくらむ。結末で奥方は罰せられ、領主は人間にもどる。

狼男伝説を題材にした他の作品の多くも狼男の不幸と妻の裏切りが共通のテーマである。ところで、狼男の変身に大きな役割を果たすのが「森」である。当時の人々にとって、森は広大な未知の空間であり、ふしぎな現象や驚異の存在でいっぱいの暗い場所だった。そこでは、人間社会の規範は一切通用しない。狼男が人間的束縛から解放されて、奔放に荒れ狂うことのできる空間は、森しかなかった。そのようなところで生き延びることのできる野性的で強烈な生命力は、人々を怖がらせ、人狼伝説が生まれたとも考えられる。

だが十二、十三世紀の狼男は、本来悲劇的な運命の犠牲者であり、自分の意志とはかかわりなく、受動的に、また必然的に変身させられていて、悪業と結びついてはいても、狼男自身も被害者で、ほとんど自らが率先して悪い行いをすることはなかった。それが、中世後期になると悪魔の化身として恐れられ、人間の卑しさ、残酷さ、肉欲などのシンボルとされるようになった。不安に満ちた中世では、人間や家畜を襲うオオカミは貪欲で卑しい動物として憎まれ、人々の欲求不満のはけ口にされたともいわれている。村落共同体に入ることのできないよそ者、社会のはみだし者、または犯罪者が人狼とされる場合も多かった。（『狼男伝説』池上俊一著、朝日新聞社、一九九二）

こうした迷信が、これまで見てきた民間伝承にも反映されているのではないだろうか。

ペローの『赤ずきん』にも、ブズーを思わせる文章が1箇所だけある。赤ずきんが森を通る途中、「オオカミおじさんに会いました。オオカミおじさんは、この子を食べたくてしかたがありませんでしたが……」と書かれているところに注目しよう。

フランス語の原典では“compère《コンペール》”という単語が「オオカミおじさん」の原語として使わ

れている。一般的には「相棒、仲間」を指すが、同時に「ずるがしこくて図々しい、破廉恥な奴」という意味合いにもなる。訳語に当てられるのは、たいてい「オオカミおじさん」だが、これが獣のオオカミそのものなのか、オオカミ的人間なのか疑問に思う箇所である。民間伝承に色濃く残された狼男の姿は、やはりペローにもわずかながら受け継がれたといえるかもしれない。また、日本語で「おじさん」と訳せばなんの変哲もなく、含みの多い“compère”という単語の意味が十分生かされているとはいいがたいが、この語は、実はさまざまな意味を含んだ適切な表現といえるだろう。

さて、女の子が無事に逃げおおせた例は、次に紹介する一八八五年ごろフランスのニヴェルネ地方で収集された『おばあさんのお話』に見られる。ペローがこの話を知っていたにしても、自身の再話にはまったく取り入れなかった。たしかに、女の子が生き延びてしまっては、本来のペローの物語の主旨とは相容れないのだから。

あるとき、一人の女がパンを焼いて、娘にいった。「このパンとミルクの瓶をもって、おばあさんのところへ行っておいで。」

娘は出かけていき、四つ角でブズーに会い、どこへ行くのかと聞かれ「おばあちゃんの家へ」と答えた。「どっちの道を行くんだい？　縫い針の道か留め針の道か？」「縫い針の道よ。」

　ブズーは留め針の道を選び、先におばあさんの家に着くと、おばあさんを殺して、肉を貯蔵庫に、血を瓶に入れてしまっておいた。娘がやってきて、勧められるままに肉を食べ、葡萄酒を飲んでいると、小さな猫がいう。「自分のおばあちゃんの肉を食べ、血を飲むなんて、なんてばかな娘だろう！」

　ブズーは娘に「着物をお脱ぎ。こっちにきて私といっしょにおやすみ。」といい、娘はエプロンをはじめ上着やワンピース、スカートに靴下を次々と脱ぎ、それをどうしたらよいかとたずねると、「火にくべておしまい。そんなものはもういらないんだから。」

（そこから「毛深い」「長い爪」「大きな肩」「大きな耳」についての問答があるのは他の類話と同じだが、最後に娘がたずねる。）

「おばあちゃん、なんて大きなお口なの？」

「おまえを食べるのにちょうどよいからさ。」

「まあ大変！　おばあちゃん、私、外に出ておしっこしてくるわ。」

「そんならベッドの中でおしよ。」

「だめよ。外に行かなくっちゃ。」

「わかったよ。だけどすぐもどるんだよ。」

ブズーは毛糸を娘の足に結びつけて、外へ出してやる。娘は外に出ると、畑の大きなスモモの木に毛糸を結びつける。ブズーは待ちきれなくなり「うんこでもしてるのかい?」と聞くが、返事がないのに気づいて、ベッドから飛び出すと、娘はとっくに逃げてしまっていた。ブズーはあとを追いかけ、もう一歩でつかまえられるというところまできたが、娘は無事に家の中へすべりこんだ。


この物語では、女の子が機転をきかせ、オオカミをうまくだまして無事に家にたどりつく小気味のいい結末になっている。もちろん女の子はオオカミに食べられたわけではないので、「大きな口」と表現されていても、グリムとちがって生き返るための要素にはならない。どうみても品がいいとはいえない野卑な話であるにもかかわらず、オオカミの間抜けぶりと女の子の賢さの取り合わせがどこかユーモラスである。ほかの類話とはちがって、だれの助けも借りず、自分自身の力で危険から逃れる女の子のたくましさと積極性に見るべき点があろう。無知であるために、女の子=「赤ずきん」はオオカミに食べられなければならなかったという定説をひっくり返す伝承も存在していたことは、現代の『赤ずきん』的物語を考えるとき興味深い示唆を与えてくれる。

現代の赤ずきん

『赤ずきん』ほど研究の対象にされたり、また風刺・パロディ化され物語や絵本になったり、時の政治に利用されたりして話題を呼ぶ昔話は、それほど多くはないだろう。たとえば社会文化史的に見た『赤ずきん』再話の変遷は、前述のザイプスの研究書に詳しく書かれている。

概して、第二次世界大戦後から一九九〇年代までの『赤ずきん』は、これまでのペローやグリムとはちがって、男性の援助を受けず、しっかりと自立した姿を見せるのが特色である。いうまでもなく、フェミニズム運動の影響が考えられる。

『ポリーとはらぺこオオカミ』

キャサリン・ストー（Catherine Storr）の『ポリーとはらぺこオオカミ』（掛川恭子訳、岩波書店、一九五五）のポリーという女の子は思慮深くて頭がよく、ものおじせず、自信に満ちていて、けっしてオオカミにだまされるようなことはない。

最初の『かしこいポリーとおばかさんのオオカミ』というお話では、ポリーを食べようと家までやってきた食いしん坊のオオカミに、はじめはパイ、二度目はチョコレートケーキを食べさせてお腹をいっぱいにさせ、三度目にはおなべの中で煮立っているあつあつのタフィーをごちそうして、口も舌も大やけどさせる。オオカミはこりごりして、とうとうポリーを食べるのをあきらめる。

ほかの話もみな、かしこいポリーがオオカミをうまくあやつる話、すなわち単純で愚かなオオカミに世間の考え方や常識を教え、いさめる筋書きになっている。このように、ポリーを子ども、オオカミを大人と考えると、大人が子どもにやっつけられる逆転劇は、子どもの側から見れば痛快な話といえるだろう。

— Mais qu'est-ce que cela ? s'écria-t-il de sa vieille voix chevrotante. Qui êtes-vous, petite fille aux cheveux bleus ?
— Je suis Mystère, répondit-elle, et je suis vénéneuse.
— Oui, c'est ça, mystère et « vénéneuse », répéta le vieux loup, en faisant semblant de comprendre.
— Vous savez ce que veut dire « vénéneuse » ? le questionna la petite fille, d'un ton sévère.
— Euh, eh bien, c'est... c'est une sorte de...

Le vieux loup, honteux, baissa le nez et avoua :
— Je ne sais plus. Avec l'âge, la mémoire baisse et...
— « Vénéneuse », cela veut dire « poison », expliqua Mystère. Il y a des champignons qu'on peut manger et qui s'appellent « comestibles ». Il y a des champignons qui donnent la colique et qui font mourir ; on les appelle « vénéneux ». Les petites filles, c'est la même chose. Celles qui sont blondes, rousses ou brunes, elles sont comestibles. Celles qui sont bleues, elles sont vénéneuses.

『青い髪のミステール』
赤ずきんの髪は青い色になり、さらにオオカミを知恵で追い払う
(“Mystère”, Marie-Aude Murail, illustration de Serge Bloch, © Gallimard, 1987)

『青い髪のミステール』

マリー＝オード・ミュライユ（Marie-Aude Murail）の『青い髪のミステール』（末松氷海子訳、偕成社、一九八七）には、いくつもの有名な昔話がパロディ化されて取り入れられているが、その中に『赤ずきん』を連想させるエピソードがある。森に置き去りにされたミステールは年とったオオカミに出会う。オオカミはこの女の子を食べようとするが、この子の髪の毛の色が青いのに気がつきふしぎに思ってたずねる。するとミステールは答えるのだ。「わたし、ユードクなの。」

「ユードク」の意味がわからないくせに、

知ったかぶりをするオオカミに、さらに説明してやる。

「ユードクっていうのは、毒があるって意味なの。いい？　きのこにも食べられるきのこと、食べられないきのこがあるでしょ？……女の子だっておんなじよ。金髪や赤毛や、茶色の毛の子は食用だけど、青い毛は有毒なの。」「えーっ！　そりゃたいへんだ！」

おそれをなしたオオカミは、「食べる前に教えてくれてありがとう。」とお礼をいって、そそくさと逃げ出していく。それを見ながら、ミステールは大笑いする。

『紺色ずきん』

危険から自分の身を守るばかりでなく、オオカミに自分のおばあさんを食べさせようと計画を練るとんでもない女の子まで登場する。

ボリス・モアサール（Boris Moissard）とフィリップ・デュマ（Philippe Dumas）の共作『さかさま物語』（榊原晃三訳、祐学社、一九七七）の中の『紺色ずきん』ロレットがそれである。ロレットは外へ出るときはいつも風邪をひかないようにと、お母さんから紺色のダッフル・コートを着せられフードをかぶせられている。それで「紺色ずきん」のあだ名がついた（物語と直接関係ないが、この紺色のダッフルコートはフランスの小中学生の多くが着るので、母親たちはこれを買うのが習慣のようになっている。ひじょうにフランス的な、長年変わることのない服装ともいえよう。だとすると、フランスでは〝紺色ずきん〟があちこちにいて、とくにめずらしい存在ではなさそうだ。）

「紺色ずきん」ロレットは動物園の檻の中にいるオオカミをそそのかし、おばあさんの家を教え、おばあさんを食べるように仕向ける。ロレットのおばあさんは、その昔、オオカミのお腹から救い出されたあの有名な「赤ずきん」なのである。

しかし、オオカミはというと、おばあさんを食べる気などまったくない。それでもせっかく檻から出してもらったので、故郷へ帰りたくなり、すぐさま走り出す。故郷に着くと、オオカミは兄弟や仲間たちに『赤ずきん』と『紺色ずきん』の話をしてやり、さらに「フランスの女の子とつき合うのは危険だ。そのせいでオオカミはもうすべて追い払われ、子どもたちが安心して森を歩けるようになってしまった。」と熱心に話して聞かせたので、今ではオオカミみんながこのことをよく知っている。

一方、ロレットは、本当のおばあさんをオオカミが化けていると思い込んで、むりやり檻に閉じ込めてしまうのだが、真相がわかると、ニュース種となって方々から非難を浴び

まさかのどんでんがえしが待ち受ける『ミナ、好きだよ』
（"Mina je t'aime", Patricia Joiret, illustration de Xavier Bruyere, © Pastell'école des loisirs, 1991）

る。でもロレットは少しもめげず、むしろ内心では喜んでいる。「かつて〝赤ずきん〟だったおばあさんのように有名になること」が彼女の一番の願いだったのだから。

『ミナ、好きだよ』

どこかユーモラスな『紺色ずきん』とちがって、もっと怖い話が『ミナ、好きだよ（MINA je t'aime）』というタイトルの絵本である。

ヒロインの少女のミナという名前は、日本名にもなりそうだが、これはカルミナという名の省略で、carminé《カルミネ》という形容詞は深紅色を意味する。ミナは赤いずきんこそかぶっていないが、この象徴的な名前といい、真っ赤なセーターにタイツという姿、手足の指に塗った真っ赤なマニキュアを見ると、これもたしかに『赤ずきん』の現代的変形の一つにちがいない。

ミナは十三、四歳の野性的で妖艶な美しさにあふれた少女である。ある日母親からおばあさんのところへ届け物を頼まれる。森に住んでいるおばあさんの家まで行く途中、次々と三人の少年が、それぞれのやり方で「ミナ、好きだよ。」と書いた紙きれを投げてよこし、姿を隠しながらずっとミナのあとをつけてくる。

おばあさんの家に着くと、ミナはおばあさんの大好物の肉のいっぱい入ったかごを差し出し、うれしそうにいうのだ。「おばあちゃん、デザートはね、あの三人の男の子よ。」最後の場面には、戸口で恐怖にふるえ固まってしまった三人の少年、カーテンに映る雌オオカミの大きな影、満足そうに艶然とほほ笑むミナの姿が衝撃的に描かれている。

大学の授業で、私がこの絵本の話をすると、たいていの学生が「はじめはストーカーの話かと思った。」と感想を述べたように、まさかというどんでんがえしの結末には驚くほかない。

たしかに、前半部分でミナの歯や髪を形容するとき、ふつう獣にしか使わない「とがった小さな牙（de petits crocs pointus《ドゥ・プティ・クロ・ポアンテュ》）」だの「黄褐色のたてがみ（sa crinière fauve《サ・クリニエール・フォーヴ》）」だのといった言葉が使われていたり、母親の名前が「ウルフ夫人」だったりするし、絵にも、まな板やスタンドの笠にオオカミ模様が描かれていたりして、よく見ると、さりげなく方々に伏線が張られている。

この絵本のヒロインであるミナは、強く賢いのを通り越し、自分を愛する少年たちを弄び、破滅させる残酷な悪女のイメージを色濃く体現していて、ここにも狼男ならぬ狼女伝説が生きているのではないかと思わせる。これまでの常識をすっかり逆転させて、オオカミが女性で、餌食となって食べられるのが男性という設定になっているところが、この絵本の現代的なユニークさといえるだろう。

『赤ずきんちゃん』

オオカミがこれまで思われてきたような悪者ではなく、孫娘を虐待するいじわるなおばあさんから女の子を救い出してやるのは、フランス出身でアメリカで活躍する絵本作家トミー・ウンゲラー（Tomi Ungerer）の『赤ずきんちゃん（Little Red Riding Hood）』である。おまけにオオカミと赤ずきんは結婚して、種々雑多な子どもたちに恵まれ幸せになった、と結ばれる。

以上はほんの一例にすぎないが、機転の利く賢明な女の子と、愚かでちょっと気弱なオオカミという組み合わせは、現代の『赤ずきん』話に多く見られる。現代の女の子はかくのごとく強く賢くあれとのメッセージがこめられているように見えるが、物語世界ではなく現実の社会を見るとどうだろう。

いたいけな女の子が誘拐されて、暴行されたあげくに殺される「幼女殺人事件」は、世界中であとをたたない。現代のオオカミが、森ならぬアスファルトの道を車でやってきて女の子をさらうのは、サラ・ムーンの写真絵本『赤ずきん』（定松　正訳、西村書店、一九八九）に具体的に描かれているとおりである。またインノチェンティの『ガール・イン・レッド』（金原瑞人訳、西村書店、二〇一三）にも貧困、暴力、犯罪のうずまく現代社会の暗黒の「森」に否応なく引きずりこまれる少女の悲劇が生々しく語られている。

強く賢い女の子は理想像にはちがいないが、実際には無力なペロー型「赤ずきん」が何人もいることは否定できない。たとえ女の子が強くて賢いとしても、大人の男性に力ずくでつかまえられてしまえばどうしようもないだろう。防犯ベルや大声がどの程度役に立つかもわからない。

先述の『紺色ずきん』の末尾には「獣のオオカミよりも、そのへんをうろつく人間の男に注意しなさい。時と場合によっては、人間の男のほうがずっと恐ろしいのです。」と書かれている。結局オオカミ＝人間の男に気をつけるように諭したペローの教訓と同じで、ペローの警告は数百年たっても色あせてはいない。

たとえオオカミが後悔し心を入れ替えたとしても、しょせんオオカミはオオカミであることを、おもしろく語るのはマルセル・エメ（Marcel Aymé）である。十五編の物語をまとめた短編集『鬼ごっこ物語』（鈴木力衛訳、岩波書店、一九五六）には、『オオカミ』のタイトルで、かつて赤ずきんを食べてしまったオオカミが登場する。

留守番で退屈していたデルフィーヌとマリネットの姉妹は、すっかりおとなしくなったオオカミと、毎週家のなかで遊ぶようになった。二人はいろいろな遊びを教えてやり、オオカミも大喜びする。ところがある日、「オオカミごっこ」をしているとき、空腹をがまんできなくなったオオカミは妙な気分におそわれ、とうとう二人の女の子をがぶりと飲み込んでしまう。オオカミは戸を開けることを知らず、家の中にとどまっていたので、帰ってきた両親が姉妹を助け出すことができた。姉妹が泣いて頼んでくれたおかげで、オオカミは太い針と糸で腹を縫い合わされ、殺されずにすんだ。そしてそれ以来、食いしん坊を戒め、女の子を見たらすぐに逃げ出すことを誓ったという。

　ここに書かれた「オオカミごっこ（Loup. y es – tu?）《ルー・イ・エ・テュ》」はフランスでよく知られた伝統的な遊びの一つで、テーブルの下や木陰にかくれたオオカミ役の子に他の子どもたちが「オオカミさん、そこにいる？　なにしてる？」と問いかける。そのたびにオオカミ役は「シャツ着てる」とか「ズボンはいてる」などと身支度の状況を答え、最後に「馬にまたがり森を出る」といきなり飛び出して、子どもたちのだれかをつかまえ、つかまったものが次のオオカミになる。『鬼ごっこ物語』のオオカミも、この遊びの最後に飛び出してほんとうに姉妹を食べてしまう。遊びのオオカミ役とはちがって、実際腹をすかせたオオカミは、どんなに改心しても獣のオオカミでしかないのだ。

＊＊＊

　自宅の近くに、一九二〇年代にできた古い公園がある。樹齢百年に近い大木がうっそうと茂り、昼でもほの暗い。坂に沿っているので、園内は起伏が多く、まるで森の中に紛れ

立て看板に描かれたオオカミ

込んだような気分になる。

保育園に通っていた頃の孫娘は、よくお散歩に連れられて行くこの公園があまり好きではなかった。あるとき、私がその理由をたずねると、内緒話のように私の耳に口をつけて、ひそひそ声でこういった。「あそこはオオカミがいるから。」

思わず笑ってしまうと、孫娘は「だって看板に書いてあるからほんとうだ。」と抗議する。たしかに、公園に入るとすぐ、大きな立て看板があって、歯をむきだしたオオカミの恐い顔が目につく。その下には「痴漢《ちかん》に注意」の文字が。まだ字の読めない三歳くらいの子どもが、ちょうど目線の先にあるオオカミの顔を見て、実際にオオカミが出ると信じてもふしぎはないだろう。

私自身、小さい頃はこの公園でよく遊び、子育て中は子どもたちを連れてしばしば訪れたものだが、そのころにはこんな立て看板もなく、この公園と「オオカミ」を結びつけることはなかった。今も園内の四季の移り変わりを楽しみながら散策したりしているが、この孫娘の言葉から、あらためて『赤ずきん』の物語が現実味を持って、身近に生き続けていることを実感した。時代を経ても変わることのない人間の業というものをつくづく考えさせられる。

3 好奇心と猜疑心《さいぎしん》 ——『青ひげ』

「好奇心というものは、とても人の心をひきつけるが、往々にして多くの後悔のもとになる。毎日、数えきれないくらいそんな例を目にする。ご婦人方には申し訳ないが、それはとても軽率な楽しみで、味わったとたん消えてなくなり、かならず高いツケがまわってくる。」

ペローは『青ひげ』の最初の教訓（モラリテ）でこう述べている。

同じ時代に生きたルイ十四世の妃マントノン夫人（madame de Maintenon）も、聖ルイ修道院の修道女たちへ宛てた手紙の中に「さまざまな本を読むことに慣れてはいけません。一生に七、八冊で十分。好奇心は危険なものですから。」と書き残している。

当時ペローも傾倒していたといわれる、カトリック正統派からは異端視されていた厳格な一派ジャンセニスム（次ページの注1）の司祭もまた、文学書の危険性を指摘した。

「恋愛感情を目覚めさせ、育むことほど危険なものはない。」といい、とくに芝居や小説に代表されるフィクションの世界に遊び、没頭する危険について「習慣的な悪徳」と切り捨てている。書物によって、好奇心がかきたてられることを危険視しているのは、マントノン夫人の場合と同じである。この時代は、読書自体もそこから生まれる好奇心も、とくに「信心深く貞淑であれ」との理想に貫かれた女性にとっては、どちらもあまりかんばしいものではなかったように見える。

ところが現代では、好奇心といえば、むしろプラス・イメージでとらえることのほうが多い。いくつになっても好奇心を失わないことが、前向きな生き方であるといわれる。ただし、この場合の好奇心は探究心と結びついて、知らないことを知ろうとする誠実な努力や楽しみを指している。このような好奇心とはちがって、あとで後悔する危険な好奇心とは禁忌（タブー）を犯すことと深く結び付いているのではないだろうか。

注1　17世紀以降に流行したキリスト教思想。人間の自由意志を軽んじ、人間本性の罪深さと神の恩寵の必要を過度に強調。神によって救われることを予定されている人間は数少ないと説く。ネーデルラント出身の神学者コルネリウス・ヤンセンの著作の影響で、フランスの貴族階級にとくに流行した。

❖物語における禁忌

人間は「……してはいけない」といわれればいわれるほど、してみたくなるように生まれついているらしい。聖書の創世記に記された禁断の木の実のエピソードから始まって、ギリシャ神話のオルペウスとエウリュディケの悲恋（注2）もよく知られているし、神話や昔話の中には、この種の物語がなんと数多く残されていることだろう。

日本に限っても『古事記』には、黄泉《よみ》の国で見てはいけないといわれた妻の姿を見て、たいそうショックを受け、逃げ出すイザナギ、出産時に正体を見られてしまい、愛する人と別れるトヨタマヒメの物語があるし、昔話には、恩返しのために機《はた》を織っているところを見られて、遠くに飛び去る鶴、玉手箱を開けて老人になってしまった浦島太郎などをだ

注2　蛇にかまれて死んだ妻エウリュディケを返してほしいと、夫オルペウスは黄泉の国まで行き神々に頼む。熱心な願いは聞き入れられたが、地上へ着くまでけっして振りむいて妻を見てはならないとの条件がついていた。いよいよ地上へ出るというとき、オルペウスは思わず妻を一目見ようと振り返る。そのとたんエウリュディケは引きもどされ、二人はまた別れ別れになる。

れもがすぐに思い出すにちがいない。ほかにも国内外を問わず、こうした例は枚挙にいとまがない。

ほとんどの物語に共通しているのが、好奇心に負けて「……してはいけない」といわれた約束をうっかりやぶってしまうと、それが原因で相手と永遠に訣別しなければならなくなり、後悔にさいなまれるという結末である。罰としてこれまでの幸せが一変する、つまり「かならず高いツケがまわってくる」のだ。

絵本のヒーローで世界的な人気者、知りたがりやの『おさるのジョージ』もまた、持ち前の好奇心がこうじて、いけないといわれたことをしてとんだ目にあったり、怖い思いをしたりすることが多い。もっとも幼児向きの絵本だから、ほかの一般的な物語とはちがって、子どもの読者はジョージの災難に、胸をどきどきさせて心配しながらも、おしまいにはかならず救われるか、むしろ前よりいい思いをしたりするのでほっと一安心するだろう。『おさるのジョージ』に描かれている好奇心と冒険心は、子どもの性向そのものであり、子どもにとって、「知りたがりや」であることは、たしかにある面では大変必要である。ただし、いけないといわれたことをすれば、一時的ではあっても、なにか罰を受けなくてはならないことも、この『おさるのジョージ』から教えられる。

これまでの多くの例に見られるとおり、主人公が禁忌を犯し、その罰として不幸な結末をむかえる物語のなかで、『青ひげ』はいささかちがった展開を見せる。

若い妻は主人の青ひげから、「自分の留守中ぜったい開けてはいけない。」といわれた小部屋を開けて、殺された先妻たちの死体がぶらさがっているところを見てしまい、気が動転して思わず鍵をとり落とす。鍵についた血のしみが、洗ってもこすってもどうしても消えないために、死ぬほどの苦しみを味わうことになる。これは明らかに「軽率な楽しみ」といわれた好奇心の結果起きた出来事で、自業自得であるとさえいえる。

鍵のしみから、妻が自分との約束を破ったことを見抜いた青ひげは妻を殺そうとするが、あわやというときに妻の兄二人が駆けつけ、逆に青ひげが刺殺されてしまい、妻は命拾いする。これだけでもハッピーエンドといえそうだが、話はこれで終わりではない。

物語の終わりでは、妻が相続人のいない青ひげの全財産を受け継ぎ、そのお金で姉を結婚させ、兄たちに軍隊の地位を買ってやったことが記されている。そして自分自身も「青ひげとの不幸な日々を忘れさせてくれるような誠実な男と結婚した」。「めでたし、めでたし」の幸せな結末がさらにつづくのである。

妻の命が救われたことについては、なんら異論はないし、妻の側からすれば、危機一髪で命を救ってくれた兄や姉に、できるかぎりの恩返しをしたいと思うのは人情だろう。しかし禁忌を犯しても罰を受けず、それどころか、青ひげの全財産を使い、自身も再婚して幸せになったという結末にどうも釈然としないのは、私だけだろうか。もちろん、殺人鬼の青ひげは許される存在ではあり得ないし、彼を擁護するつもりはまったくないのだが。

人間の知恵と悪意

『猿婿』

先に述べたなんともいえないもやもやした気持ちは、日本の昔話『猿婿』に感じた違和感とよく似ている。

「むかし、三人の娘のいる爺がいて、畑仕事がつらいので〝だれか手伝ってくれたら、娘を嫁にやってもいい〟とつぶやく。それを聞いた猿が畑仕事を手伝い、すっかり片付けてくれたので、約束通り娘の一人を、猿の嫁にやらなければならなくなる。上の二人の娘は絶対に嫌だといってことわるが、親思いの末娘だけは、猿の嫁になるのを承知する。
猿が迎えにやってくると、娘は里帰りのときに親に餅をついて持って帰るという口実で、重い臼ときねと米を猿婿に背負わせる。猿の住処《すみか》に向かう途中、娘は谷川のそばに咲いている桜の花がほしいとせがみ、猿婿は高い木に登って、娘の所望どおり、一番上の桜の枝を手折ろうとするが、背負っている荷物があまりに重いので、谷川に落ちて溺死してしまう。娘は喜んで家に帰り、その後ずっと親孝行をしたという。」

これは、昔話に多くみられる異類婚姻譚《いるいこんいんたん》の一つだが、猿は人間に化けていたわけではなく、最初から動物の猿のままで登場する。そして、まったく正当に爺と約束を取り交わし、爺の頼みどおり完璧に畑仕事をして娘を嫁にもらう。『青ひげ』とはちがって、この猿にはなんの落ち度も罪もなく、善意そのものだったにもかかわらず、猿というだけで娘に裏切られ、命まで落としてしまうのだ。嫁のために重い荷物を背負ったり、高い木に登って花を取ってやろうとしたりする猿婿は、献身的で優しい性格の持ち主だったと思われる。そんな動物の善意をふみにじって、悔いるどころか、娘の機転のおかげで「うまくいった。」と喜んで笑っている人間の性《さが》に、なんとも薄ら寒いものを感じてしまう。

この話は、異類のものの愚かさと人間の知恵を対比させて読み取る場合もある。しかし、小松和彦が「この話の意図は異類に対する人間の悪意であり、人間の知恵を持ち出すことで、この悪意を肯定させようとしている。」と指摘しているとおり、人間側を正当化するためのすり替えの論理ととらえることができるだろう。（『異人論―民俗社会の心性』筑摩書房、一九九五）

『大きな白い馬』

娘の知恵という観点から語られる昔話には、カナダでフランス系移民から採集された『大きな白い馬』（参考『ペロー童話のヒロインたち』所収、片木智年著、せりか書房、一九九六）がある。しかし、この場合の娘の知恵は、異類の悪者をやっつける正当防衛ともいえる知恵であって、善意そのものの異類を殺す『猿婿』とは明らかにちがっている。

ある村に、三人の娘を持った貧乏な未亡人がいた。村には、大きな白い馬があらわれて、娘たちをみんなさらっていくのだった。どこへ連れて行くのかはわからない。そこで、母親たちはだれもが、娘をまもろうと一生懸命だった。あるとき、この未亡人が一番上の娘にいった。

「火をつけるのに必要だから、木の枝を集めておいで。大きな白い馬にさらわれないように気をつけ。」

森に着いた娘の前に、大きな白い馬があらわれ、娘を背中に乗せると、自分の大きな家に連れて行った。そして鍵の箱を渡していった。

「明日、私が出発したら、部屋をみんな開けてきれいにしなさい。ただし、この部屋だけは開けてはいけない。」

翌日、娘は部屋をみんな開け、掃除をした。そして馬に禁じられた部屋まで来ると、どうしても開けたい気持ちを抑えられず、扉を開いた。中には、首を切られてつり下げられた娘たちの死体があった。大きな升があって、その中に血が滴り落ちていた。娘は驚きのあまり、鍵を血の中に落としてしまった。すぐに拾い上げたものの、血がついてしまい、洗ってもこすってもとれない。大きな白い馬は帰ってくると、娘に鍵を見せるようにといった。すぐに鍵が血にそまっているのを見つけると、こういった。

「おまえはあの部屋に入ったな。では、おまえも殺してやるぞ。」

馬は娘をつかまえて首を切り、他の娘といっしょにつるした。

かわいそうな母親は長いこと待った。娘が帰ってこないので、白い馬にさらわれたことがわかった。しかし、また木の枝が必要になったので、二番目の娘を森へ行かせた。そして、この娘も白い馬にさらわれ、まったく同じ目にあった。

とうとう、母親が一番愛している三番目の娘が森へ木の枝を集めに行かなければならなくなり、姉たちと同じように、馬にさらわれた。馬は一つの部屋を除いて、全部の部屋を開けて、掃除をするようにいいつけ、鍵を渡した。娘は「中になにがあるか見なければ」と決心して、扉を開ける。

首を切られた女たちの中に、姉二人がいるのを見つけた。この娘は勇気があったので、鍵を落とすこともなく、上の姉の首を見つけ、肩の上に乗せると、姉は生き返った。娘は上の姉にいった。

「わらの束の中に入ってね。」

娘は姉を連れて、納屋に入り、わらの束の中にかくした。大きな白い馬はもどってくると、鍵を渡すようにいったが、鍵にはなにもついていない。それで、馬は娘に「毎日同じように、一つを除いて全部の部屋を整えなさい。それが仕事だ。」といった。

娘は、納屋にあるわら束を母親のために準備したので、持って行ってほしいと馬に頼む。馬はわら束を運んで、母親の家の前に置いた。母親が家の中にわら束を入れると、中から上の娘が出てきた。三人の娘を失くして、たいへん悲しんでいた母親は大喜びした。

勇敢な娘は、今度も鍵を落とさず、次の姉も同じように生き返らせて、母親のもとに返した。母親はとても喜んだ。

次の日、また娘は馬に、もう一つ別のわら束も運んでほしいと頼む。その前に、娘は大きな布の人形を作り、台所のバターを作る器具の前にすわらせて、まるで自分自身がバターを作っているかのように見せかけた。それから、納屋へ行って、身体をわらで包み、中にもぐりこんだ。なにも知らない馬は、このわら束を母親のところに運んだ。こうして母親は三人の娘を無事に取り戻した。

大きな白い馬は家に戻ると、台所で、娘がなにもしていないのを見ていった。

「バターをかきまぜろ。」娘はピクリとも動かない。

「バターをかきまぜろ。」相変わらず、娘はピクリともしない。

「バターをかきまぜろ。」馬はいすを蹴った。すると、いすは倒れ、布の人形が落ちた。ようやくだまされたことに気づいた馬は、たいへん怒って、床板をはげしく蹴ったので、板を踏み抜き、中にはまってしまった。それっきり、この馬を見かけることはなくなったという。

この話には、『青ひげ』と同じく、禁室のモチーフと血のしみがついた鍵が生きているが、末娘の勇気と機転によって、ハッピーエンドになるところと、白い馬が殺されずに、自分自身で怒りのあまり床板を踏み抜き、それっきり出てこなくなるという結末が目新しい。さらに動物である馬、すなわち異類のものが、いかにも人間らしくふるまい、それが少しもふしぎな出来事ではなく、ごく当たり前の日常として語られているところに、『赤ずきん』に登場する獣のオオカミや狼男ブズーとの類似が見られる（2章参照）。

『赤ひげ』

『青ひげ』の類話である『赤ひげ』（高ブルターニュ地方）を見ると、「七回も結婚したのに、相手が次々に死んでしまい、八回目の相手とは十年も仲良く暮らし、娘が二人、息子が一人できた。ところが十年目に、女房がすごく憎らしくなって、殺してやろうと決心した。」と理不尽で身勝手な行為が語られている。（この昔話には禁室のモチーフはない。その代わり、女房が殺される前に次々と結婚衣裳を身に着けることと、着替えの前に小さな犬の耳の中に、兄弟への手紙を入れて、犬を放す場面がある。）

一方、青ひげは、前もってきちんと妻に「小部屋を開けない」という約束をさせ、もし違反したら「私が怒ってあなたをどんな目にあわせるかわからないぞ。」といいわたしているのだ。だからこの場合、好奇心に駆られてそれを破った妻に、まったく落ち度がなかったとはいえないだろう。ペローは女性擁護論者といわれるが、『青ひげ』を読むかぎり、私にはとてもそうとは思えない。最初の教訓に「ご婦人方には申し訳ないが」とわざわざことわっているように、むしろ女の軽率さとしたたかさを戒めているように思われてならない。

物語の冒頭で、青ひげは近くに住む身分の高い女性の二人の娘のうち、どちらかと結婚したいという。しかし二人とも青いひげを気味悪く思い、そればかりでなく、「男がすでに何回も結婚したことがあり、その妻たちがどうなったのか、誰も知らなかった」ことから、どうしても求婚を受け入れられなかった。ところが、青ひげが娘たちやその友人たちを別荘に招待し、一週間もの間贅を尽くして最高のもてなしをすると、その後、妹娘は「ひげはそれほど青くなく、とても立派な人だと思うようになって」結婚する。

このように表面的な財力に目がくらんで、相手の人となりを見抜くことのできない女性の軽率さは、すでに好奇心にかられる以前にはっきり記されているし、この弱点は現代の女性にも通じているといえるだろう。

また、ペローは二つ目の教訓に「これは昔話で、いまはもうこんな恐ろしい夫は存在しない。いまどきの夫はみんな妻の傍らでいいなりになっている。だから、あごひげがどんな色だとしても、こまったことに、夫と妻の二人のうちどちらが主人か見分けがつかない。」と記した。まるで非難がましいためいきが聞こえてきそうな書き方である。これは『グリゼリディス』の前書きに書かれた「パリでは女性が最高権力を握り、女性の意のままにすべてが決まる。つまり女王ばかりが暮らしているような幸せな土地柄なのだ。」という皮肉な表現とも連動しているように思われる。

約束を破った妻でも結果的には幸せになる話に、ギリシャ神話の『エロスとプシケ』がある。プシケは「見てはいけない」といわれた夫エロスの姿を見てしまい、訣別を余儀なくされるが、最後は再び夫と結ばれて幸せになる。けれどもこの幸せに至るために、プシケは何度も大変な試練を経なければならず、神々の助けも必要とした。これを青ひげの妻の場合にあてはめてみると、助けられる寸前まで続くたとえようのない恐怖を懲罰と考えれば、多少なりとも納得がいく。いずれにせよ好奇心を抑えられず、自分の意志でタブーを犯した女性が結果的に救われるというのは、たまたま運が良かっただけ、つまり神の恩寵のおかげといっているように見える。ここにも、人間の自由意志をよしとせず、救われる人間はほんとうに数少ないのだと説く、当時流行していたジャンセニスムの影響を考えることができるかもしれない。

❖ 青ひげのモデル

ところで、タイトルにもなっている男の「青いひげ」は、実際にはあり得ないために、まるで魔法使いか異世界の人物のような不気味さをかもしだし、現実味の濃いこの物語に、どことなく悪魔的雰囲気を漂わせている。ほんとうは漆黒のひげが、光の加減によって青く見え、フランスではあまり出会うことのない真っ黒なひげの男は、ものめずらしさを通り越してだれもが怖いと感じたのだろうか。それとも、ほんとうに青かったのだろうか。

「青（bleu《ブルー》）」という単語は、澄んだ美しさや明るさを連想させる一方、青あざ、先天性の心臓疾患など怪我や病気を示すときにも使われ、恐怖・怒りの激しさを表す言葉ともなっている。だから、どこか病的で執拗な怒りに狂うこの男には「青い」ひげがふさわしかったということもできるだろう。

フランス現代児童文学の人気作家マリー＝オード・ミュライユの作品に『青い髪のミステール』（末松氷海子訳、偕成社、一九八七）がある。四人姉妹の末娘のミステール王女は、姉たちと違って、生まれたときには髪の毛がなく、やっと生えてきた髪は青い色をしていた。そのため、みんなからうとまれ、結局森の中へ捨てられてしまう。この物語はこれまでの昔話とちがって、どんな逆境にあっても、けっしてめげることなく、自分で解決方法を見出す元気で賢いお姫さまのユーモラスな話である。そして中には、有名な昔話がいくつもパロディふうに取り込まれている。実際にはあり得ない「青い髪」という設定は、おそらくは「青ひげ」からの連想ではないかと推測される。

この「青ひげ」にはモデルがあって、それはブルターニュの貴族ジル・ド・レ（Gilles de Rais）であるという説がとなえられてきた。ジル・ド・レは英仏百年戦争のとき、ジャンヌ・ダルクの側近として戦った将軍で、ジャンヌの処刑以来厭世的になり、魔術に凝って多くの子どもを殺して生贄にした罪で処刑されたと伝えられている。一方、口承の昔話にも、先述の『赤ひげ』や『ジャックじいさん（ポアトゥ地方）』など「青ひげ」型のものがあり、ジル・ド・レ伝説とどちらが先かははっきりしていない。ただ「青ひげ」の昔話が、ジル・ド・レのいたブルターニュ地方を中心に伝えられていたことから、青ひげとジル・ド・レが結びつけられたのではないかとも考えられる。ジル・ド・レについては当時の罪状はえん罪だとして名誉回復の動きが近年高まっている。ほかに、イギリスのヘンリー八世がモデルだという説もある。

ペローはこうした昔話・伝説を踏襲しながら、自身の「青ひげ」を作り上げた。昔話にはあってペローの作品にはない点がいくつかある。たとえば妻が兄たちに危険を知らせるために、子犬の耳に手紙を入れて放し、兄たちのところへ届けさせるというように、小動物が援助の役割を果たすといったことや、青ひげが妻を殺す準備をしている間、妻が時間稼ぎのために婚礼衣裳を一つずつ身につけていく場面などはない。

ペローがこうしたモチーフを省いた理由として、マルク・ソリアノ（Marc Soriano）は、「動物による援助のモチーフはよりプリミティブな型で、ペローはこの話を細部に至るまで十七世紀のリアルな物語としたからだ。」と指摘している。着物を脱いだり着たりする場面を省いたのも、同じく十七世紀の貴族社会の礼儀にふさわしいものにする配慮からだろう。ペローの物語では、犬や小鳥が使いに走る代わりに、その日は青ひげの館に、たまたま兄たちが訪れることになっていた、と偶然性が強調され、婚礼衣裳を身につけるくだりは、神さまにお祈りする時間をもらうことになっている。

実際ペローの『青ひげ』は妖精物語や魔法物語とはほど遠く、私市保彦によれば現実的な小説、つまり近代恐怖小説の先駆けであり（『ネモ船長と青ひげ』晶文社、一九七八）、ピエール・グリパリ（Pierre Gripari）が『昔話のパトロール（Patrouille du conte, ed. L'âge d'homme)』のなかで、「〝青ひげ〟は夫婦の話であって、子ども向きの物語ではない」と記しているように、フランス文学に多く見られる心理小説として読むこともできる。一般に昔話には見られない時間の経過や恐怖にかられたヒロインの揺れ動く心理状態などがみごとに描かれている。

そのほか、当時の貴族の豪華な館の情景、家具、調度品にいたるまでの綿密な描写は、想像力を羽ばたかせるのにじゅうぶんであり、同時代の人々には、実際、目で見るように理解できたはずである。

「むかし、あるところに」という昔話の常套句で始めながら、男は「町にも田舎にもりっぱな屋敷があり、金銀の食器類、刺繍した布のカバーのついた家具、黄金の四輪馬車を何台も持っている。」と記されていて、十七世紀の風俗や流行を存分に取り入れた金持ちぶりがうかがえる。その屋敷には、物語の要のひとつである高い塔まであって、単なる豪邸というだけでなく、「城」と呼べるようなものだったにちがいない。

物語の緊迫した場面では、青ひげが階下で包丁をとぎ、上の階で妻がお祈りし（昔話では婚礼衣裳を身に着け)、塔の上では姉のアン(またはジャックじいさん)が見張りをしている。青ひげが「降りて来い。早くしろ。」と上にむかってどなると、妻は「もう少し待って。」と下にむかって懇願し、同時に塔の上の見張り役に「なにか来るのが見えない?」と問いかけ、塔からは「まだ」とか「何かが来たらしい。」などの答えが返ってくる。

それぞれの人物が別の階にいて、とくにヒロインは上にも下にも声をかけるという三重構造で話が進む。このあたりは、ペローの創作というよりは昔話の語りのうまさによって、聞き手がどきどきしながら身を乗り出す場面であろう。先述の『赤ひげ』の伝承には、赤ひげが「とんがれ、とんがれ、わたしの刀、二階の女房を殺すため。」と、残酷な歌をリズミカルに歌いながら刀をとぐ場面がある。(『フランス民話の世界』樋口 淳・仁枝編訳、白水社、一九八九)

後の時代に、広々とした円形のゴシック調の広間や大きな七つの扉のある舞台装置のもとに演じられる、バルトーク(Bartók)の唯一のオペラ『青ひげ公の城』(バラージュ作)も、塔のあるりっぱな館からの想像で生まれたと思われるし、モーリス・メーテルリンク(Maurice Maeterlinck)の『青い鳥』では、金銀の柱頭のある輝かしい大理石の柱や階段などがそなえられた魔法使いペリーリュンヌの美しい館は、「〝青ひげ〟からゆずり受けたのだ。」と猫にいわせている。なおメーテルリンクには、『アリアーヌと青ひげ』という戯曲もあり、デュカス（Dukas）が曲をつけている。青ひげの豪勢な館やそれにまつわるドラマ性は、イメージ的にも音楽的にも、後の創作者たちにとって、魅力的な表現の原動力になったにちがいない。

青ひげが娘たちをもてなす場面は、「カマルグにある別荘」と南仏の実在の場所が特定されているし、毎日「散歩、狩猟、魚釣り、ダンス、宴会、夜食」に明け暮れたというのも、おそらくこの時代の上流階級の慣習を正確になぞって書かれたものだろう。

鍵の役割

このような「十七世紀のリアルな物語」のなかで、唯一魔法的要素を持っているのが「鍵」であり、この物語は、駄洒落のような言い方をすれば、まさに〈鍵がカギ〉である話ということができる。

しかし妻が禁じられた小部屋を開け、あまりのショックで鍵を取り落として、鍵に血のしみがつき、洗ってもこすってもどうしてもとれないというのは、現実的・論理的に考えるとつじつまが合わない。実際、「床が凝固した血ですっかりおおわれていた。」と本文にあるように、人を殺してから時間がたてば、血は凝固しており、鍵にしみがつくはずはないからである。

グリムもまた昔話集の初版に『青ひげ』の物語を収録したが、ペローの作品とあまりによく似ているという理由からか、第二版以後は取り入れなかった。（グリムでは、三人の兄と一人の妹という設定で、妹と結婚したいという〝青ひげ〟は王さまになっている。）ただ、グリムの場合は、「血の川がひたひたと流れ出してせまってくる」と書かれていることからわかるように、液体状の血なら鍵にしみがつくこともあり得ただろう。そこで、合理主義者のペローはこの鍵にだけ魔法をかけ、わざわざ「鍵は妖精だった（La clef était《ラ・クレ・エテ》 Fée《フェ》)」とことわっている。つまり鍵は超自然的存在だからこそ、禁忌を犯したものに対して自在にどんな懲罰でも与えることができる。

現実の暮らしからみても、「二つの大きな家具置場の鍵、ふだんは使わない金銀の食器棚の鍵、金貨や銀貨の入っている金庫の鍵、宝石箱の鍵、どの部屋も開けられる合い鍵、そして問題の小部屋の鍵」というように、青ひげの持つ鍵の数は驚くほど多い。おそらく、

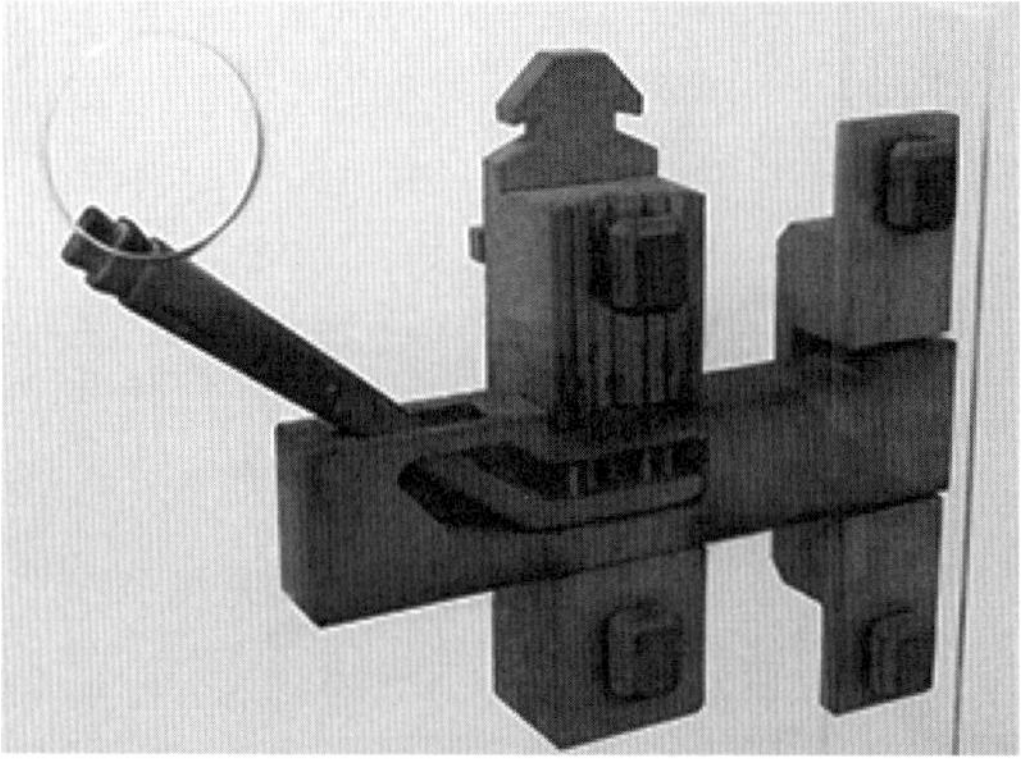

エジプト錠の原理復元模型（写真：美和ロック株式会社提供）

当時の金持ちの大きな館は人の出入りもはげしく、これくらいたくさんの鍵がなければ、安心して暮らせなかったにちがいない。

世界の鍵と神話

ところで、世界でもっとも古い鍵は、紀元前二千年ごろに作られた、木製の「エジプト錠」（図）だといわれている（注3）。その構造は閂《かんぬき》と錠の本体とを数本のピンで動かないようにしておき、外から開けるときは、扉の穴から鍵をさしこんで、ピ

注3　現在では、古代エジプトでは錠前ではなく、紐結びを使っていたといわれ、エジプト錠が世界の鍵の始まりという主張とは異なる説もある（『世界の鍵と錠』赤松征夫ほか著、里文出版、二〇〇一）

ンを押し上げて閂を動かす仕組みだった。ギリシャ時代初期には、閂を革紐や綱で縛って、複雑な結び目を作り、その家の主人にしかほどけないようにしたが、安全性には問題があった。そこで、後期には、エジプト錠の原理を応用して、もっと精巧な「パラノス錠」が考案された。鍵といわれるものは、ギリシャのテオドール・ド・サモスが発明し、すでにこのときから、差し錠をすべりこませるためのギザギザの切れ込みが作られていたそうだ。

ホメロスの『オデュッセイア』の中にも、初期の鍵について書かれた場面がある。漂流して行方知れずの夫オデュッセウスの愛用の弓を、求婚者たちに試させようと、妃ペネロペイアが倉庫から取り出すところが、みごとに描写されている。

「さて、世にも麗しい妃は庫に着いて、樫材の敷居を踏んだ―この敷居はかつて工匠が巧みに削り、墨縄を当てて真直ぐにし、それに戸柱を据え見事な扉を立てたもの、妃は直ぐに革紐を扉の把手からゆるめてほどき、鍵を差し入れ、狙い定めて扉の閂を引き戻すと、美しい扉はさながら牧場で草を食む牛の吼え声にも似た音を立てた。鍵に当たって扉はそれほどにも凄まじい音を立てながら、妃の前にさっと開いた。」

ほかにも、乳母が「見事な構えの広間の扉に錠をかけた」り、ピロティオスが「堅固に柵をめぐらした中庭の門に閂をかけ、柱廊の下に置いてあった、パピュロスの皮で綯った船具の綱で硬く結わえて屋敷に入る」などと具体的に書かれている。(『オデュッセイア』松平千秋訳、岩波書店、一九九四)

古代ローマの時代にも多くの鍵が使われたが、単純な金属板で取っ手はなく、一番小さいものは指輪のように指にはめて使ったという。

長い間、鍵はローマ神話に出てくるヤヌス神がつかさどっているとされていた。ヤヌスは双面神といわれ、顔の一方は外に、他方は内に向けられていて、ローマでは戸口の守り神として敬われた。そのシンボルは悪者を追い払う棒と友人を迎え入れる鍵だった。

ヤヌス神の二つの顔にあらわされているように、鍵には外に対しては「閉める」、信用できるものにだけ内から「開ける」という二つの働きがあり、外敵から身を守ったり、秘密を保持するなど、人と財産の保護と安全という重要な役割を担ってきた。

アジアに目をむけてみると、中国で広く使われた「海老錠」というものが、正倉院に保存されている。日本では一九九八年に大阪府野の上遺跡の発掘で、飛鳥時代に作られた鉄製の錠前が見つかったそうだが、これが日本では最古のものにちがいない。最近でこそ日本でも、ピッキングだのサムターンだの、鍵にまつわる用語が当たり前のように使われ、オートロックの集合住宅もめずらしくなくなったが、三、四十年前には、鍵をかけない生活も実際に見られた。日本家屋がその構造上、あまり鍵になじまなかったのも事実であろう。

和辻哲郎は、「鍵をもって護るというような意味の個人は〝家〟の中では解消する。かかる〝へだてなさ〟を内に包みつつ、外の世界に対しては鍵のあらゆる変形（その内には高い板塀や恐ろしげな逆茂木などもある）をもって対抗するのが日本の〝家〟である。」と述べている（『風土—人間学的考察』岩波書店、一九七九）

また、日本は島国で、外敵の侵入がほとんどないために無防備であるのに対し、いつなんどき、外敵が侵入してくるかもしれない地続きのヨーロッパの国々では、守りをかためる鍵文化と城壁が発達したのもいわれのないことではないだろう。

ヨーロッパでは、家の中でもそれぞれ独立の部屋が壁と戸で守られていて、戸は鍵で閉められる。部屋だけが個人的な自由空間であり、廊下は公的な場所である。

中世ヨーロッパでは、鍵も大型になって、錠の側に突起をたくさん設け、鍵には複雑な刻み目が施された。何種類かの異なった金属を混ぜ合わせて作ることもあったし、高価な金で作られた鍵もあったという。

十五〜十六世紀には、ギリシャ神話に登場する空想上の動物グリフォン（体の半分がワシ、半分がライオンで、力と警戒心の象徴とされる）やキマイラ（ライオンの頭、ヤギの体、ヘビの尻尾をした動物）、または人魚など、ゴシック芸術のさまざまな模様が金属板に刻まれた。権力者は、次第に鍵の模様の精巧さや美しさを競い合うようになり、渦巻き模様、組み合わせ文字、自分の家の紋章などを表し、鍵は権力や地位の象徴になっていった。中世都市の城門の鍵は都市の象徴として、現代でも姉妹都市の協定のときには、鍵を交換する。鍵には魔除けの意味もあって、狼男を退散させる十字架がないときは、鍵を使えばいいともいわれていたらしい。

『青ひげ』の物語のなかの鍵は、人間の猜疑心を表象した小道具として主人公青ひげ自身の性格を象徴的に表している。青ひげは生まれながらの青いひげのせいで、どんなに金持ちであっても常にコンプレックスを持ち、とくに若い女性に対して強い不信感を抱いていたにちがいない。青いひげの気味悪さを嫌って、青ひげを避ける多くの女たちのなかには、青ひげの所有する莫大な財産に目がくらんで結婚を承諾する者もいた。こうした女たちの本心を確かめようとしたのが、禁忌と鍵のエピソードではないだろうか。

「小部屋だけは絶対に開けてはならない」という約束を守らせることで、青ひげは、女たちがほんとうに自分に対して従順で誠実であるかどうかを試そうとした。しかし一人として、この約束を守った女はいなかった。絶望のあまり青ひげは、妻となった女を次々に殺し、いつしか殺人鬼の汚名を背負ったまま息絶える。一生、自分以外の人間を、とくに女性を信じることのできなかった猜疑心のかたまりのような男の哀れな最期である。

ちなみに、ペローは別の物語にも、猜疑心に駆られ、狂ったように妻を痛めつける男を登場させている。『グリゼリディス』の大公がそれである。青ひげとちがって、自身には心身ともに何一つコンプレックスがないにもかかわらず、女性に対する不信感が根深く、ようやくめぐりあった最高の結婚相手をも猜疑心によって試さずにはいられなかった。実際の殺人を犯さないまでも、これは精神的には殺人にも等しい暴力である。しかしこの女性（グリゼリディス）は、夫の理不尽な暴力のすべてに耐え、ついには夫とともに幸せになる。それが青ひげの妻たちとの決定的なちがいである。グリパリ流にいえば、この物語も「夫婦のはなし」であって、子ども向きの物語でないことはいうまでもない。

「少しでも分別があって、世の中のしくみに気づく人なら、この物語が昔話だとすぐわかる。こんなに恐ろしく、不可能なことを要求する夫は今はいない。どんなに不満顔で、嫉妬《しっと》深いにしても。今どきの夫はみんな、妻の脇でいいなりになっている。だから、あごひげがどんな色だとしても、こまったことに夫と妻の2人のうち、どちらが主人か見分けがつかない。」

『青ひげ』のもう一つの教訓では、このように女性の傍若無人なふるまいを嘆いたペローだが、『グリゼリディス』では、夫のどんな猜疑心にも従順で誠実な、ありえないような理想の女性像を描き出し、自身の女性観を示している。

＊＊＊

中世ヨーロッパでは、鍵は、家政管理をになう妻の象徴であると考えられていた。だから、妻が夫の家に鍵を置いて出て行くときは、離縁の意思表示だったともいわれる。もし青ひげの妻が、夫の猜疑心にも自分の好奇心にも打ち勝っていたら、すべての鍵をつかさどるりっぱな妻になったか、または鍵を置いて出て行き、青ひげとは訣別したか、ちがった結末があり得ただろう。「青ひげ」の物語は、人間の心の深層にひそむ好奇心と猜疑心のせめぎあいを、鍵を媒介にして構成した興味深い作品であるということができる。

❹ 嘘とだましのテクニック ——『長靴をはいた猫』

何年か前、カトリック女子校で小中学生にフランス語を教えているフランス人女性に会った際のこと。彼女は毎年生徒たちに、ペローの昔話を劇にして演じさせているそうで、「去年は『サンドリヨン』、その前は『眠れる森の美女』だったけど、今年はなににしようかしら。」と考えていた。そこで私が、「『長靴をはいた猫』はどう？」と提案したが、彼女はあまり乗り気ではなく「でもあれは、嘘をついて人をだます詐欺師の話でしょう。子どもたちにはよくないと思う。」と真顔でいった。これには驚いたが、いわれてみれば、たしかにそのとおりである。

この物語は、粉ひきの父親の死後、三人の息子が遺産分けをする場面から始まる。たいした財産はないが、それでも多少の相続をした兄たちとはちがって、末息子は猫一匹しかもらえず、すっかりしょげている。するとこの猫は長靴と袋がほしいといい出し、それを使って王さまに贈り物をして取り入り、自分の主人となったこの粉屋のせがれを偽の貴族に仕立て上げ、ついには王女の婿として王さまの跡継ぎにまでさせるのだ。

こんなふうに、利口な猫が、さまざまな嘘を考えだして人をだまし、みごとに自分の主人を王さまにまで出世させる物語は、小さいときから「嘘をついてはいけません。」と厳しくしつけられている子どもたちには、ふさわしくないと考える人々もいるだろう。児童文学研究者のナディーヌ・ドクール（Nadine Decourt）も「これほど完璧な嘘の技術が教育者たちを心配させせないはずはない。しかし、一九四七年モーリス・ブショール（Maurice Bouchor）は、人間がやったら受け入れがたいと思うことでも、動物なら容認できるとして、この物語を批判しないことにした。」と書いている。（"La fortune des bottes du Chat botté" In Press Editions, 1998）

しかし、子どものしつけという観点からこの物語を禁じる例は、フランスでも日本でも、私は聞いたことがない。私自身この物語を読んだ幼いころには、猫の嘘や残酷さよりも、むしろネズミに変身した人食い鬼を、猫が食べてしまう結末が痛快で忘れがたかった。子ども心にも、人食い鬼という悪者をやっつける勇敢な知恵者の猫に喝采を送っていたにちがいない。

❖人食い鬼は悪者か？

もちろん、この物語のどこにも、人食い鬼が他人の土地や城を奪ったとも、人を食べたり、あたりを荒らしまわったりしたとも書かれてはいない。ただ、この物語の聞き手や読者の頭の中に、当然のこととして「人食い鬼＝悪者」という意識が刷り込まれているために、結末の痛快さによって、それまでの猫の詐欺師的行為がすべて帳消しになってしまったようだ。いつのまにか猫は正義の味方として受け入れられたのではないだろうか。

フランスの民話に出てくる空想上の人物は、「もっぱら妖精と人食い鬼で、巨人はほとんど登場しないが、人食い鬼という語がときに巨人の同義語となる。」とポール・ドラリュ（Paul Delarue）は記している。（『フランス民話集』新倉朗子編訳、岩波書店、一九九三）

このことはいうまでもなく、ペローの物語にもあてはまる。ペローが『ロバの皮』の前書きで、自分の昔話集を「人食い鬼と仙女（妖精）の話」と名付けたように、その作品のいくつかに人食い鬼（または人食い女）が登場する。そして人食い鬼はみな、驚くほど裕福である。『眠れる森の美女』の人食い女は、王さまがその持参金目当てに結婚したというくらいの金持ちだし、『親指小僧』では、飢え死に寸前のきこりの家族に対して、人食い鬼の一家は、毎日のように牛や羊や豚などの肉をまるごと食べているのだ。『長靴をはいた猫』に出てくる人食い鬼も例外ではない。「これまで見たことのないほど大金持ち」で、広大な牧草地や畑を所有し、王さまも羨むほどりっぱな城でぜいたくな暮らしをしていた。

現実世界の投影

民話の中に出てくる人食い鬼というのは、実際農民の側からすると、空想上の人物ではなく、村の領主や有力者を暗示していたと思われる。ペローの物語に描かれた人食い鬼も、非現実的なお話のなかの鬼というより、実在の人物を思わせることが多い。つまりロバート・ダーントン（Robert Darnton）のいう「農民の生活を悲惨なものにしていた現実の暴君たち、すなわち野盗、粉屋、地主の差配、領主など」の姿が浮かび上がる。（『猫の大虐殺』海保真夫・鷲見洋一訳、岩波書店、二〇〇七）

このような強者に対抗するには、知恵（時として悪知恵）がなによりの武器になり、知恵や詐術によって愚かな強者と立ち向かう弱者という図式が、往々にして民間伝承のテーマになる。先のダーントンによれば、「民話は、屈辱を主題とする強者と弱者の主客転倒の物語とみなすことができよう。抜け目のない弱者は、屈辱的な笑いを強者に浴びせることで彼らを愚弄する」のであり、さらに、フランスの民話は、「ペローの昔話のように教訓を与えはしないが、抽象的ではない現実世界の実態が描かれていて、それにどのように対処すればいいかを示唆している。」

一口でいえば、フランス民話の特色は「この世は馬鹿と悪党の集まりである。馬鹿になるよりはむしろ悪党を目指せ」という価値観に貫かれている。この特色を、もっともよく具現化しているのが『長靴をはいた猫』であるといえるだろう。実際は貴族社会という強者の側に属していたエリートのペローが、弱者である猫の立場になってこの物語を書いたということは、ジャーナリスティックな鋭い感覚によって、自分の生きている時代の変化を否応なく感じ取らざるを得なかったからだとも推察できる。また、都市の裕福な中産階級に生まれ育って、立派な教育を受け、宮廷の役人になるまでの自分自身の社会的上昇志向を描いて見せたかったのかもしれない。

このころ、中世以来の封建貴族（武家貴族）に対し、近世フランスの官僚貴族である法服貴族（次ページの注1）が台頭してきた。

先祖伝来の土地と遺産に依存し、一切商業活動をせず、むしろそうしたことは不名誉なこととして体面を保ってきたこれまでの封建貴族とはちがって、法服貴族は商業・金融分野で実力を発揮し、宮廷社会にも入り込むようになる。ペローが長年仕えたブルジョア出身の大臣コルベールも成功して政治の中心にあり、国家の産業として商業重視の重商主義政策を主導した。それによって貨幣が新たな価値を形成していく。その過程で伝統的価値観が崩れ、封建貴族は没落を余儀なくされる。つまり、これまでの土地収入から貨幣経済に移っていくなかで、効率よく財産を運用していくために新たな価値観が重視されるようになったのだ。ルイ十四世は、こうした二つの貴族階級を自在に操り、その対立を利用しながら、絶対王政を確立していった。

このような時代だったからこそ、ペローの物語の末尾に付けられた二つの教訓のうち、次にあげる最初の教訓はだれしもが納得するものとして、一般に広く受けとめられたにちがいない。

注1　官職売買制度を通して、司法・財政の官職を獲得し、高等法院などの高級官職につくことによって貴族の身分となった新興の貴族のこと。

「父から子へとゆずられる豊かな遺産を受けつぐのは、とても恵まれたことではあるが、ふつうの若者にとっては、世渡りの術と知恵のほうが、もらった財産より役に立つ。」

この物語によれば、世渡りの術とは、まず贈り物をすることで王さま（権力者）に認めてもらい、貴族の称号を名乗り、財産やりっぱな衣装を手に入れることである。それには相応の知恵がなくてはならない。ペローはここで、宮廷に受け入れられることを願う出世・上昇志向の青年に、そのために必要な条件のリストを提示しているように見える。

ペローは三人の兄と助け合って、宮廷の文化政策を推し進めた。兄たちもそれぞれ名前の知られた知的エリートだったから、兄弟の堅固な結びつきによって、不安定な上流社会で生き抜くことができたにちがいない。

一七八五年から一七八九年の間に、ジュネーヴとアムステルダムで、『妖精の部屋（Cabinet des fées）』と題された四十一巻からなる膨大な民話・妖精物語の集大成が刊行された。その最初の巻の前書きにも「知るだけでは十分ではない。行動しなくては。いくつもの箴言《しんげん》は知性に語りかけるが、一つの光景は感覚に訴える。だから若者はじっくり考えるために見ることが必要。すべて行動することから成立するこの話は、作者が約束した効果を生み出すにちがいない。」と記されている。もっとも『長靴をはいた猫』では、世渡りの術と知恵を使って行動するのは、もっぱら猫であり、若者のほうには、まったくその気配も見えないのだが。

長靴の役割

猫が要求した長靴こそ、世渡りの術と知恵を身につけて行動することを表象した小道具といえるだろう。そうはいっても、この長靴は、『親指小僧』に出てくる人食い鬼が所有している長靴のように、ひとっ飛びで七里進めるとか、はいた人の大きさに合わせて自在に調節がきくといった魔法の産物ではなく、どこでも買える平凡な代物である。しかし、この猫がはくことに意味があり、長靴は、実際、おそるべき行動力の象徴と見ることができる。猫が長靴をはくという明らかに理屈に合わないアイデアは、それ自体が深い象徴的表現であるとする、次のような考え方もある。

「長靴は、猫がこの世界の猫ではなく、特別な保護が必要であることを象徴している。猫は、本当は、世間の藪でたやすく剥ぎ取られ切り裂かれてしまう繊細で霊的なもの、人間の心眼の象徴なのである。」とフレッド・ゲッティングズ（Fred Gettings）はいう。「長靴をはいた猫によって、猫の象徴性は洗練され、いわばもとの古代エジプトの秘教的意味にもどされた。ごく初期に猫を理解しようとした人たちは、猫を人間の視力の象徴と見た――このように象徴することは、暗闇のなかでも見えると伝説的に言われる猫の眼の力と無関係ではない。」（『猫の不思議な物語』松田幸雄・鶴田文訳、青土社、一九九三）

そもそも、猫に長靴をはかせたのは、かわいい女の子に赤いずきんをかぶらせたのと同じく、ペローのアイデアだったといわれている。このことを歴史的観点から見ると、「古代以来ヨーロッパでは、奴隷など身分の低い人々は一生靴をはくことはなく、はだしですごすことを強いられた。……猫が靴を要求しているのは、猫がもともと不自由な身分であり、そこからの解放を要求した。」とも考えられる。しかも長靴というのは、上流階級のはきものので、ふつう農民がはくものではなかった。自由のない身分である召使いが主人のために忠誠を尽し、時とともに少しずつ社会的地位が上昇して、中世盛期には旧来の自由身分の貴族とほぼ同等の地位を獲得していく過程が思い起こされる。（『メルヘンの深層――歴史が解く童

話の謎』森義信著、講談社、一九九五）

長靴をはく前から、すでにこの猫はなかなかの知恵者だった。だから、遺産相続が猫一匹ということで、不満だった末息子も、猫が袋と長靴を要求したとき、あまりあてにはしないながらも、「この猫が、前々からネズミをつかまえるのに、足を掛けて宙づりになったり、粉の中にかくれて死んだふりをするみごとな軽業《かるわざ》をなんども見ていたので、もしかすると、この貧しさから救いだしてくれるかもしれないと思いました。」

ここで猫が用いている策略は、ラ・フォンテーヌの『寓話』のなかの「ネコと老練なネズミ」、ペローの『ヴェルサイユ宮の迷路』にある「逆さまにぶらさがったネコとネズミたち」に書かれているのとまったく同じである。同時代の文学者が互いに影響を与え合ったのか、それとも猫のしたたかさやずる賢さを示す、この時代特有の表現形式の共通性だったのか、いずれの理由も考えられる。

長靴の力

それにしても、なぜペローは、この利口な猫に長靴をはかせたかったのか。長靴をはくことで、猫はどんなふうに、それまでとはちがった猫になったのだろうか。

まず、猫は長靴をはくと、人間のように堂々と二本足で立ち歩くようになり、獲物をつかまえては王さまに献上し、自分の主人からの贈り物であるといって、王さまを喜ばせ、信用させる。それ以後も次々と猫の策略が功を奏す。つまり長靴のおかげで、猫には人間以上の言語力と情報収集力が備わったと考えられる。それまでは、天井から逆さまにぶらさがるのも、粉の中にかくれて死んだふりをするのも、限られた空間の中だけの行為であって、言葉を使う必要はなかった。しかし長靴をはいてからは、広い世間に出て、人間を、それも王さまや人食い鬼といった力の強いものを相手にしなければならなくなる。そのとき猫の武器になるのが言葉と情報だった。

言葉については、ペローの原作にはなにも書かれていないが、後に再話された作品のひとつに、「粉屋のむすこは猫がしゃべるのを聞いておどろいた。」という一文を目にする。

王さまの城へ出かける場面も、ペローではいきなり猫と王さまの対面になるが、グリムの初版本では、まず番兵が検問する。

「止まれ！　どこへ行くんだ。」「王さまのところへ。」牡猫はさらりと答えました。「おまえは頭がおかしいんじゃないか。牡猫が王さまのところへ行くだなんて。」「まあいいから通してやれよ。」と、もうひとりの番兵が言いました。「王さまは、よく退屈しておられるじゃないか。ひょっとしたら、この牡猫のごろごろいう鳴き声をおよろこびになるかもしれない。」（グリムは一八一二年の初版にのみ収録。ペローの影響が強いことを鑑みたためか、第二版以降は省かれた。『初版グリム童話集』吉原高志・素子訳、白水社、一九九七）

イタリアの画家ジュリアーノ・ルネッリ（Giuliano Lunelli）は、おそらくこのグリム版をもとにして『長靴をはいた猫』の絵本を描いたと思われるが、ここには、「番兵が、長靴をはいて言葉を話す猫を見て、びっくりした。」とある。おそらく王さまが気に入ったのは、「牡猫のごろごろいう鳴き声」よりも、おかしな猫のおしゃべりやお世辞だったにちがいない。しかも、猫はしゃべるばかりか、王さまの好きな獲物まで運んでくる。具体的に記されているのを見ると、ペローではウサギとヤマウズラ、グリムではヤマウズラ、ハンス・フィッシャー（Hans Fischer）の注釈つき絵物語では、ウサギ、ウズラにくわえて魚まで届けるので、王さまがどんどん太ってくるようすがユーモラスに描かれている。

しかし、猫はこうした贈り物を行き当たりばったりに届けるわけではない。ちゃんと前もって、王さまの好みを調べているのだ。王さまはヤマウズラが大好きなこと、それなのに、一羽も捕まえることができないこと、なぜなら、ヤマウズラは森のどこにでもいるのに、とても臆病なため、狩人が近づけないことなどを調べておき、自分でもっとうまい工夫を考えだして捕まえる。このことはグリムにだけ具体的に記されている。

その後、猫は「王さまがこの世でいちばん美しい王女さまと一緒に、川のほとりを散歩するらしいと聞きつけました。」

このようなペローの簡単な説明文とはちがって、グリムではずっと詳しく書かれている。

あるとき、牡猫が王さまの厨房のかまどの横で暖まっていると、御者がやってきてぶつぶつ文句を言いました。「王さまなんて、王女さまともども、くたばってしまえばいい。飲み屋に行って、ちょこっと飲んでトランプでもしたいと思っていたのに、湖までお散歩のお供をしなくちゃいけねえとは。」牡猫はこれを聞くと、こっそり家へ帰り、主人に話しました。

こうして猫は、王さまをだまして、主人のためにりっぱな貴族の衣装をせしめる。その後も馬車の先回りをして、牧草地や畑で働いている人々を脅して、土地はすべて、猫がでまかせにつけた主人の名であるカラバ侯爵の所有地だといわせるのだ。猫は王さまや人食い鬼にはお世辞やへつらいを駆使し、働く人々には「いわないと、みんなひき肉みたいにきりきざんでしまうぞ。」と恫喝する。つまり、時と場合に応じて、様々な種類の言葉を自在に使い分けることができる。広大な土地が人食い鬼の所有地であることを、事前にちゃんと調べてあるばかりか、人食い鬼自身についても、その性格や能力を知っている。「猫は前もって、この人食い鬼がどんなふうで、なにができるのかを念入りに調べておき」（ペロー）それから、いよいよ自分の計画を実行に移す。猫の行動力はこのように用意周到で、みごとなものである。

長靴をはいて歩く練習をする猫（"DER GESTIEFELTE KATER by Charles Perrault", illustrated by Hans Fischer, © NordSüd Verlag, 1996）

しかし、重要な象徴的意味あいのあるこの長靴は、けっして履き心地のいいものではなかったらしい。ほとんどの挿絵では、猫は表題どおり、最後まで長靴姿だが、フィッシャーだけは、わざわざ「猫が長靴をはいて、二本足で歩くのはたいへんなこと。練習しなければならない。」とことわって、さまざまな猫の練習風景を描いている（図）。そして最後は「猫はようやく長靴とおさらばすることができて、しんからほっとしましたとさ。」と結ばれる。猫が大臣になったり、大貴族になったりするほかの物語の結末とは、ずいぶんちがった印象を受ける。だがペローでも、人食い鬼がライオンに変身したのを見た猫が、こわくなって屋根のといに駆け上がる場面で「長靴はかわらの上を歩くには役に立たないので、とてもあぶなっかしいようすでした。」と、長靴の非効率性が書かれている。

類話

『楽しい夜』『ペンタメローネ』

ところで、ペローに影響を与えたと思われるイタリアの先行作品が二点ある。一つはジョヴァン・フランチェスコ・ストラパローラ（Giovan Francesco Straparola）の『楽しい夜（Le Piacevoli Notti）』のなかの『運のいいコンスタンティーノ（Costantino Fortunato）』、もう一つはバジーレ（Basile）の『ペンタメローネ』（邦訳『ペンタメローネ五日物語』杉山洋子・三宅忠明訳、大修館書店、一九九五）のなかの『ガリューゾ』である。当然ながらどちらの猫も長靴をはいてはいない。

ストラパローラの物語は、十六世紀末にはすでにフランス語に訳されていたというから、ペローの作品にも、なんらかの影響を与えたにちがいない。この作品では、猫が自分の主人の領地と偽った土地の本当の所有者である領主が旅先で急死したので、結局主人のものになるという、まさにタイトルどおり「運のいい」結末になっている。

だがバジーレの物語は、いわゆるハッピーエンドにならないのが異色といえよう。

猫の助けで王女と結婚した主人が、猫に「おまえが死んだら、金の棺に納めて保存する。」と約束したので、猫は死んだふりをして、主人を試してみる。すると主人はいきなり猫を窓から放り出してしまう。猫は恩知らずな主人をののしり、それっきり姿を消す。万能の猫が怒って出て行ってしまうと、主人はどうなるのか、その将来に暗雲のただよう結末である。

どの類話にも共通しているのが、猫のあやつり人形のような主人の位置づけで、自分の意志も知恵もなく、ただ猫のいいなりに行動して幸せにしてもらう。だから、猫がいなくなればすべてが立ち行かなくなるのは目に見えている。それなのに、猫との約束を平気で反故にする人間の愚かさと慢心を、バジーレの物語から思い知らされる。

民間伝承『金ぴか狐』『マルコンファールさん』

民間の伝承にも、『金ぴか狐』『マルコンファールさん』〈『フランス民話集』〈前掲〉〉などに、ペローの物語と似た要素が見られる。登場するのは両方とも猫ではなく狐だが、援助する動物は狐のほうが一般的で、猫は少ないともいわれている。

『金ぴか狐』は二つの話が組み合わさっている。前半は三人の兄弟がいて、父親の死後兄二人はそれぞれ鶏と猫を相続する。二人はこの動物たちを、鶏や猫のいない国へ連れて行き、売って大金を儲ける。末息子はサクランボの木をもらう、といった遺産相続話から、なぜか「カラバ侯爵」と呼ばれている末息子がサクランボの実を狐にもわけてやったことから、後半は『長靴をはいた猫』と同じような筋書きの話へ続く。狐はもらったサクランボを「カラバ侯爵からの贈り物です。」といって王さまに届ける。お礼にしっぽの先を金色に染めてもらう。帰り道で会ったヤマウズラを王さまのもとに届け、四本の足を金色にしてもらう。次に野ウサギに出会い、これも王さまへの贈り物とし、狐は全身金ぴかになる。それからカラバ侯爵を王さまに引き合わせるが、このとき強盗に服を盗まれたと偽って、王さまからりっぱな服をせしめる。その後カラバ侯爵の城へ案内することになり、先回りした狐は、途中「シーツと草地」「麦に牛」をみなカラバ侯爵のものといわせる。王さまの御殿と同じくらいりっぱな修道院へきて、修道士たちを藁の山の中にかくれさせ、火をつけて殺す。この狐のだましの知恵のおかげで、末息子のカラバ侯爵は大きな修道院の主人となって金ぴか狐とともに暮らした。

『マルコンファールさん』というのは、一人の貧しい男の名前で、彼は藁ぶき小屋とニワトリ二羽しか持っていなかった。あるとき、狐に大切なニワトリを食べられてしまったので嘆いていると、狐が悪かったと思って王さまの城へ連れて行ってくれる。そのときわざといばらの茂みで服を破き、王さまからりっぱな服をもらう。お城にむかう途中、「マルコンファールさんばんざい！」と人々がさけんだので王さまは驚いて丁重にもてなした。食事が終わると、狐が「敵がせめこんできた！」と叫び、あわてた王さまが「どうしよう」

ということ狐が中庭に積んである小麦の中に一族郎党すべて隠れさせる。その後狐は火をつけて全員を焼き殺してしまい、最後はマルコンファールさんを王さまにしてくれる。

この二つの伝承には、嘘をついて王さまからりっぱな服をせしめること、脅しによってすべての物や土地を猫の主人の所有物といわせること、王さまへの贈り物をすることなどが書かれているが、人食い鬼のような悪役が登場しないので、狐がいきなり、わけもなく修道士や王さまを焼き殺す結末はひどく残酷な印象を与える。どちらも、狐は自分の主人にだけはたいへん親切で忠実だが、主人を出世させるためなら手段を選ばず、なんの落ち度もない修道士や王さまを平気で殺してしまうのだ。ここにも弱者が詐術によって愚かな強者を容赦なくやっつける構図が見える。

猫が農民たちを脅して、この土地の所有者はカラバ侯爵であるといわせる場面は、このように民間伝承や類話にも見られ、ペローもその影響を受けて作品に取り入れたと思われるが、これについて、マルク・ソリアノ（Marc Soriano）の研究書にはおもしろい記述が見られる。

当時の社交界で、自作の詩を語り聞かせることで人気のあったクーランジュという貴族が、一六九四年、旅先から妻へ宛てた書簡の中で、妻の従姉妹のルヴォワ夫人の所有する広大な土地財産に関して、次のように書いているというのだ。

「この村はだれのものか？」「夫人のものです。」「ずっと遠くのあの土地は？」「夫人のものです。」「向こうに見えるあれは？」「夫人のものです。」「この森は？」「夫人のものです。」

書簡文学で有名なセヴィニエ夫人の縁戚のこのクーランジュの書簡集も、社交界の新聞のような役割を果たしていたと伝えられているから、当然ペローもそこからさまざまなニュースを受け取っていたのではないだろうか。後に『長靴をはいた猫』のこの場面のやりとりを読んだ当時の人々は、民話ばかりでなく、クーランジュの書簡の中に書かれた同じような表現を思いうかべたかもしれない。

書簡のなかに記されたルヴォワ夫人の夫は、ルイ十四世の軍隊を最大・最強のものにした陸軍大臣で、ペローは彼のために引退を余儀なくされたともいわれている。昔話を語るような趣で、実は自分の生きている時代の出来事を写し出すのがペローの特徴だとすれば、ここにもそれが十分生かされているといえるだろう。

広大な土地とりっぱなお城を所有していた人食い鬼は、愚かにも猫に挑発されて食べられてしまうが、当時の人々が、ルヴォワを人食い鬼になぞらえることで、戦争によって生活が疲弊し不安に包まれる苦しみや鬱憤《うっぷん》を晴らしたかもしれないという想像もふくらむ。また、ある人々は、太陽王によって失脚させられた財務長官ニコラ・フーケとその美しい居城ヴォー・ル・ヴィコントを連想したのではないだろうか。

時代の反映

「粉屋の息子が、こんなにも早く王女の心をとらえ、うっとりした目で見つめられたとすれば、衣服や顔立ちや若さは、相手の恋心を呼び起こすのに、かならずしも無関係な手段ではないようだ。」

この二番目の教訓にも、ペローの現実主義が色濃く表れている。

もってまわったいいまわしではあるが、要するに若い女性は、恋する相手の中身ではなく、外観をなにより重視するものだ、つまり王女であっても、自分より身分の低い相手に恋することもあるのだから、よくよく判断を誤らないようにと女性の軽率さに警鐘を鳴らしている。女性にとって、見た目よりも中身が大切と教えるこの教訓は、現在にまで通じる正論といえよう。

　しかし、それだけではない。顔立ちや若さはさておき、十七世紀には服装に関して、すべて身分制度に従った決まりがあったことを思い起こさなければならない。衣服のデザインも素材も色も、みな身分に応じて決められていて、自由に選ぶことはできなかったから、服装を見れば、すぐにその人の属する階級がわかったのである。ところが、粉屋の息子でもりっぱな衣装をまとえば、どこの貴族かと見まごうように、服装が着ている人間の中身を保証しない時代になりつつあった。まさに「馬子にも衣装」である。

「こうして、中身と外見、実体と外観が対応しないという意識が、第二の教訓を基礎付けていることがわかってくる。この教訓の書かれた時代には、〝見かけ〟と〝実体〟のずれが漠然とではあっても意識されるようになっていたにちがいない。」と水野尚は記している。

（『物語の織物　ペローを読む』彩流社、一九九七）

　なお、フランスには「衣服が僧を作るのではない」(L'habit ne fait pas le moine《ラビ・ヌ・フェ・パ・ル・ムアヌ》)という諺《ことわざ》もある。たとえ僧の服装をしているとしても、ほんとうの修道僧かどうかはわからないということだ。「この世に生きているかぎり、十分に気をつけて、見かけで相手を判断しないこと。」とラ・フォンテーヌも『寓話』のなかの『オンドリとネコとハツカネズミの子』という話を通して警告している。

このように、外観と実体のずれ、つまり粉屋の息子が服装によってカラバ侯爵に変身をとげて成功した物語からは、当時盛んだった演劇の影響を思い起こさずにはいられない。この時代、詩と演劇はたいへん評価の高い芸術だった。演劇では悲劇作者のラシーヌ、コルネイユ、喜劇の第一人者はモリエールで、宮廷の人気を集めていた。

演じる役者というものは、化粧を施し、衣装をつけて舞台に上がれば、もうすっかり芝居の中の登場人物になりきり、そこには本来の自分はかくされてしまってどこにも見えない。役者自身がどんな性格の人物なのか、どのような個性の持ち主なのかなどといったことは、まったく問題ではなく、それより、いかに上手に芝居の中の人物を、まるで実在の人間のように演じてみせるかだけが重要になる。

「役者の演技には（役者が演じているというだけではなく、人間一般に通じるという意味で永遠の）影の演技がこめられており、観客が立ち会う軋轢や事の成り行きは、実際に誰もが自身のうちにもっている内的葛藤がそこで表現され（演じられ）ている、と感じられるのである。……この時期、フランスの演劇は、他の国々と同様、人間の条件についての省察をその主要なテーマとしている。」（『十七世紀フランス文学入門』ロジェ・ズュベール著、原田

佳彦訳、白水社、二〇一〇）
演劇によって「ほんとうらしさ」という概念が発展した。同時に、この演劇という場でたたえられるのは「想像力」だった。宮廷の祝宴では、しばしば仮装も行われたという。ルイ十四世自身がギリシャ神話の中の人物に変身してみせたり、バレエに加わって楽しんだ宮廷・上流社会とは、それ自体ひとつの劇場と見ることもできよう。

こうした人間の変身願望は、ペローの時代のみならず今に至るまで続いている。たぶんどこの国でも、とくに想像力豊かな子どもたちは、タオル一枚、ボール紙一枚あれば、お姫さまになったり、海賊になったりして楽しく遊ぶことだろう。フランスの幼年雑誌には、身のまわりのささやかな物を使って、どんなふうに変身できるかを提案し、教えるページまで設けられていて、フランス語で「変装・仮装」を意味する〝déguisement〟（デギズマン）は、子どもたちにとって大きな魅力であることがよくわかる。

＊＊＊

フランスのある著名な児童文学研究者を浅草に案内したとき、花柄の子ども用の浴衣をお孫さんのために購入し、「なにかの集まりのとき、これを着せて変装させよう。」と楽しそうに話していたことを思い出す。後日、浴衣姿のかわいらしい少女の写真が送られてきて、ほほえましく眺めたものだ。日本でも「セーラームーン」だの「おジャ魔女ドレミ」といった人気アニメの衣装が店頭に並び、私の孫娘たちも、それを身につけて役になりきり、喜んでいる時期があった。

このような変身願望や演劇を通して『長靴をはいた猫』を読み直してみると、粉屋の息子はカラバ侯爵を演じる役者、猫は才能あふれた脚本家で演出家だったと考えることもできるにちがいない。

5 妖精は泉から蛇口へ ——『妖精たち』

勧善懲悪の物語

この『妖精たち』という物語は、ペローの作品の中では、もっとも単純な昔話の構造をもつお話といえるだろう。

善い行いをした者は報われ、反対に悪い行いをした者は罰せられる因果応報の構図がわかりやすく述べられているにすぎず、他の作品を特徴づけているペロー独特の時代描写も風刺もほとんど見られない。強いていえば、冒頭の文章に「姉娘は、性格も顔つきも母親にそっくりで、この娘を見ると、まるで母親を見ているようでした。母親も姉娘も、どちらもたいへん感じが悪くごうまんなので、だれも一緒に暮らすことなど考えもしません。妹娘は、やさしさといい、誠実さといい、死んだ父親とうりふたつで、その上、だれも見たことがないほど美しかったのです。人は当然自分に似ているほうを好むものですから、この母親も姉娘ばかりかわいがり、妹娘をひどく嫌っていました。」と書かれているところにペロー らしさがかいま見られる。母親と姉はやさしい妹を憎んで、まるで召使いのように毎日こき使っていた。

ある日、泉に水汲みに行った妹娘の前にみすぼらしい身なりの女があらわれ、水を飲ませてほしいと頼む。親切に水を汲んで飲ませると貧しい女(実は妖精)はたいへん喜んで、この妹娘が一言なにかいうたびに、口から宝石が出るという贈り物を授ける。

これを見て驚いた母親は、さっそくお気に入りの姉娘を水汲みに行かせる。今度は貴婦人が水を所望する。ところが、姉娘は剣もほろろにはねつけ、汚い言葉を投げつける。そこで妖精は姉娘が口をきくたびに蛇や蛙が飛び出す呪いをかける。姉娘の災難を見て動転した母親は妹娘を家からたたき出す。妹娘が森で嘆いていたところ、王子に見染められ、結婚式をあげた。一方、姉娘は母親からもうとまれ、最後は野たれ死にしてしまった。

このように「こき使われていた良い娘」は幸せになり、反対に「いばっていた悪い娘」は不幸せになるという単純な筋書きは、『サンドリヨン』も同じであり、より有名な『サンドリヨン』登場に先駆けて、前口上的に書かれた作品ではないかとの見方もある。もっとも『サンドリヨン』の場合は、彼女の寛大なやさしさによって、意地悪な姉二人も結果的には幸せになるので、物語の基本的主題からは多少ずれているのだが。

『妖精たち』の末尾に付けられた教訓（モラリテ）を見ても「ダイヤモンドや金貨は、人の心を大きく動かす。けれども、やさしい言葉は、もっと力があり、もっと大きな価値がある。」「礼儀正しくあるには、気配りが必要だし、多少の愛想もほしい。けれども、それは遅かれ早かれ、報われる。たいていは思ったより早く。」と記されているとおり、「やさしい言葉」や「礼儀正しさ」の大切さという当たり前のことを簡潔に述べるにとどまり、ここでもペロー特有の批判や皮肉は影をひそめている。

ペローは昔話集の序文のなかにも、「自分たちが先祖から受け継いだお話のなかでは、役に立つ教訓をこめることに気を配っている。そこでは、どんなときにも善が報われ、悪が罰せられる。」と記し、その例として、この『妖精たち』を引用している。

「あるとき妖精たちが、礼儀正しく答えた娘に、なにかいうたびに口からダイヤモンドや真珠が飛び出すような贈り物を与え、乱暴な返事をした娘には、口をきくたびにカエルかヒキガエルが出てくる罰をくだします。」

そして「子どもたちの心に、幸せになった人々のようになりたいという願いと、意地の悪い人々が自分の悪い行いのために不幸せになったことへの怖れを植えつけるにちがいない」と続く。その格好の例が、子どもにもわかりやすい『妖精たち』であるのはいうまでもない。

水の役割

次に、視点を変えて、物語のなかで肝心の出来事が起こる主要な場所が泉であり、こき使われている薄幸のヒロインの一番辛い仕事は毎日の水汲みだったと書かれているところに注目したい。人間をはじめ、あらゆる生物にとって、生きるために不可欠の生命の源というべき「水」が物語の中で重要な位置を占めているからである。

水は、毎日の生活になくてはならない大事なものであり、水道などない時代には、森にわき出る泉から水を汲んで、家まで運ぶのが当時の人々の日課だった。この物語でも、「かわいそうな妹娘は、いろいろな仕事の合間に、一日に二回、家からたっぷり離れた泉まで水を汲みに行き、大きなかめいっぱいの水を運んでこなければなりませんでした。」との記述がある。

十九世紀のヴィクトル・ユゴー〈Victor-〈Marie〉Hugo〉の大河小説『レ・ミゼラブル』でも、かわいそうな少女コゼットがジャン・バルジャンと初めて出会うのは、水汲みの労働をさせられているときだった。現代でも、アフリカの少女たちが毎日重いかめを頭に乗せて、日に何度か水を運んでいる光景をテレビで見たことがある。

水はまた、昔から熾烈な争いのもとにもなった。今も地球上には、水不足に苦しみ、水の奪い合いによって頻発する暴動の危険にさらされた国々が存在する。いつの時代にも、水不足は人間にとって死活問題にならざるをえない。

このように、生命維持に不可欠な水は、苛酷な労働を強いたり、時に争いや暴動の原因になる一方、さまざまな夢想を育む原動力となって、神話や伝説または文学、美術の中に取り入れられてきた。

中世に多く見られる水のイメージのなかでも、とりわけ伝説化して人々を魅了し、無類の影響を及ぼしたのは、河や海以上に、より規模の小さい泉と湖だった、と池上俊一は記している。

「泉。その源はいずことも知れずに隠されている。どこか深いところから突然、澄明、純粋な水が力強い躍動とともに湧き上がる。…快くのびやかに湧出する生命力豊かな泉は、多様な信仰を生みだし、無数の願望を運んだ。泉は、そこにやってくる人間、そのまわりの土地のあらゆる〝秘密〟を知りつくして、未来を予見する。その変幻自在な水流は、人生の縮図である。それは、その汀にやってくるものたちの夢を導き、感情を操り、畏敬の念をひき起こす。」(『狼男伝説』朝日新聞社、一九九二)

泉信仰は、先史時代からゲルマン民族やケルトのドルイド教徒によってもたらされたといわれている。やがてキリスト教が広まると、こうした土俗の信仰は禁じられ、泉を埋めるなどして根絶しようと試みたが、人々の熱い信仰心をすっかり改めさせることは、なかなか難しかった。そして中世の初期からは、泉信仰に基づく聖人崇拝がさかんになり、泉のそばに教会や礼拝堂が建てられるようになる。異教徒の水は聖なる水ではないが、キリスト教化されたとたんに、恩恵をもたらす聖水に変わると考えられた。こうして、聖母マリアや聖人の守護のもとに置かれた泉は「聖なる泉」として、相変わらず信仰の的になった。すっかりキリスト教化された後も、将来の運勢を占ったり、病気やけがを治したりするなどのご利益があると考えられていたのは、土俗信仰の名残りといえるだろう。

中世のキリスト教徒は、聖人と並んで、特殊な超自然的能力と比類のない美しさに恵まれた女性の妖精を崇めた。代表的なのはメリュジーヌやヴィヴィアンといった妖精で、その存在はよく知られている。だから、キリスト教化された泉と異教のままに置かれた泉の中間に、泉の神が妖精となって生き延びた泉が存在したのもふしぎではない。十二、十三世紀には、泉の妖精が冒険の騎士とともに主役として活躍する物語がいくつも見られる。

中世文学に登場する泉の妖精、つまり水の精は、たいていの場合きわだって美しく魅力的な女性の姿をしている。流れる水さながらに、自由奔放に方々飛び回り、男性の心を魅了し、誘惑することが多かったが、自分自身は、ほとんどだれの手にもつかまることはなかった。そのため、ますますその存在は神秘的になって、人々のあこがれをそそった。水の生命そのもののような妖精は、純粋で新鮮な泉の守護神だったので、妖精の住処《すみか》である深遠で不可思議な森と、澄んだ冷たい水の湧きでる泉は神聖なものとして崇められた。

フランスでは、各地に「妖精の泉」と呼ばれた泉があり、とりわけブルターニュ地方は、風土や民族性から見ても、熱心に妖精を信仰する人々が多い場所だったと考えられる。

泉の妖精は、人間の子どもが誕生すると、なにか贈り物をしたり、将来を占ってやったりした。妖精が人間の運命や家運をつかさどり、家畜を守り、農作物の出来をも左右すると信じられていたために、いろいろなやり方で妖精をもてなす風習が広まった。

ペローの『妖精たち』も、このような泉の妖精信仰を背景にして生まれたのではないだろうか。いつもだれにでもやさしく親切な妹娘は、毎日生きるために大きな恩恵を受けている泉には、とりわけ感謝の思いが強かったと思われる。水の大切さをよく知っているからこそ、泉のそばで出会った貧しい身なりの女が水がほしいといえば、なんとしてでも命を守る水を飲ませてあげようと、心から思ったにちがいない。

一方、水汲みの労働をしたこともなく、着飾って遊び暮らしていた姉娘は、泉の水とそれを司る妖精に感謝するどころか、妹への思いがけない贈り物をまのあたりにして、嫉妬と欲に駆られて泉へ出かけたにすぎない。その上妖精の頼みをないがしろにして、肝心の水を飲ませることをしなかったために、大きな罰を受けることになった。

類話

この物語に先行する作品として、バジーレ（Basile）の『ペンタメローネ』（邦訳『ペンタメローネ五日物語』杉山洋子・三宅忠明訳、大修館書店、一九九五）のなかに『三人の妖精』と『二つのケーキ』という物語がある。

『三人の妖精』

『三人の妖精』は、継母に虐待されていた性格の良い美しい娘が、ある日ゴミを捨てに行って、うっかりかごを崖下に落としてしまい、それを拾いに行き、三人の妖精に出会うところから物語が始まる。

「つつましく礼儀正しい娘の態度を見て、妖精たちは美しいドレスを着せ、髪型を整え、額には金の星というすばらしい贈り物を授ける。それを妬んだ継母はさっそく自分の娘を同じように行かせるが、こちらは傲慢で不作法、おまけに欲張りなために、妖精たちにさんざん馬鹿にされる。それればかりか帰り際には額にロバの金玉をくっつけられ、大きくふくれあがる。

怒った母親は、継娘の衣装を奪い、ぼろを着せて豚番に追いやりこき使うが、娘は大貴族に見染められ結婚することになる。母親は策略を用いて、自分の娘を花嫁に仕立てて、かわいそうな継娘を樽に詰め焼き殺そうとする。しかし相手の貴族に見破られ、実の娘が樽に入れられ、それとは知らない母親に殺されてしまう。絶望した母親は自殺する。」

『二つのケーキ』

『二つのケーキ』という物語のほうが、どちらかといえばペローの作品に近い。しかし、それぞれ一人ずつ娘を持った姉妹が、母親として登場するところがペローとは異なっている。その上この姉妹が外観・性格ともに対照的なので、当然ながら、いとこ同士になる娘たちも、それぞれの母親にそっくりの良い娘と悪い娘である。

「良い娘は、ケーキを持って泉へ水汲みに行き、そこで出会った老婆にケーキが欲しいといわれると、すぐに分け与える。

老婆は感謝して、〝息をするたびにバラとジャスミンが出てくるように、髪をとかせば真珠とガーネットが落ちてくるように、地面に足をつけるとスミレとユリの花が咲くように〟と祈り、そのとおりになる。

一方、性悪の娘は、老婆にケーキを与えず、全部自分で食べてしまったために、〝息をすれば口から泡をふき、髪をとかせばシラミがうじゃうじゃ落ち、足をつけた地面からはシダとイバラが生えて出る〃という呪いをかけられる。

　あるとき良い娘の兄がたまたま王宮に来ていて、妹の自慢をしているのを聞きつけた王さまが、ぜひその娘に会いたい、自慢話のとおりだったら妃に迎えるという。兄はさっそく妹を呼び寄せることにするが、あいにく母親は体調が悪く、叔母が付き添うことになる。腹黒い叔母は舟で海を渡る途中、姪を海へ突き落とし、代わりに自分の娘を王さまに差し出す。まったく話とはちがう娘を見て、王さまはかんかんに怒って、母娘を追い出してしまう。

　嘘をついた罰としてガチョウ番にさせられた兄は、やがて王さまとともに、海の底で人魚にとらえられていた妹を救い出す。その後この良い娘はお妃になることが決まる。婚礼の日、祝宴を彩る花火の火薬樽の炎のなかに叔母は投げ込まれ、いとこの悪い娘はものごいをして一生をおくる。」

　良い娘と悪い娘が、その行為の報いとして、それぞれ対照的な能力や品物を授けられるという話は、登場人物の親が継母か実母か、または叔母かなどのちがいや、娘が姉妹かいとこかのちがいはあっても、さまざまな国で語られていて、類話は数多くある。たとえばグリムの昔話では、『ホレおばさん』『森の中の三人のこびと』がよく知られている。

『椎の実拾い』

日本の昔話の中に、『椎の実拾い』というよく似た話がある。

性格のいい姉娘と性悪の妹娘がいて、姉は母親からうとまれ、妹は可愛がられている。あるとき、母親は二人に、山で椎の実を拾ってくるようにと袋を渡す。妹にはふつうの袋、姉にはちょうど椎の実くらいの大きさの穴が無数にあいた袋。さっさと袋をいっぱいにして家に帰る妹に対し、穴のあいた袋しかない姉はいつまでたっても椎の実が拾えずにいる。

そのうちに夜になってしまったので、山のお堂のお地蔵さまに頼んで、一晩泊めてもらうことにする。お地蔵さまの話では、お堂には、毎晩鬼どもがやってきて賭けごとをするという。お地蔵さまは、姉娘に次のように教える。しばらく時間が経つのを待ってから、お地蔵さまのかぶっている笠をバタバタたたいて、にわとりの鳴き真似をするように、それ以外は一切声を立ててはならないと。

娘は息をこらして、お地蔵さまの後ろにかくれて待ち、しばらくたってからいわれたとおりにする。にわとりの鳴き声を聞いた鬼たちは夜が明けたと思いこんで、大あわてで逃げていき、あとにはたくさんの小判が落ちている。姉娘はお地蔵さまから勧められて、鬼の落とした小判を拾い集めて家に持ち帰る。

たくさんの小判にすっかり気をよくした欲張りの母親は、今度は妹娘にも同じようにさせようと、破れた袋を持たせて、椎の実を拾いに行かせる。お地蔵さまの後ろにかくれていた妹は、鬼が勝負を始めると待ち切れず、お地蔵さまのいうことも聞かずに早々とにわとりの鳴き真似をし、驚いた鬼たちがあわてふためいて逃げ出すようすがおかしいと大笑いをする。それを聞きつけた鬼たちはもどってきて、さてはこの前自分たちをだまして、小判をさらっていったのはお前の仕業かといって、妹娘を食べてしまう。

『雄弁の魅力あるいは優しさの効果』

ペローの姪で豊かな文才に恵まれたレリティエ嬢（Madame Lhéritier）によって、まったく同じ主題の話が同時期に語られていることは興味深い。ただし、レリティエ嬢の『雄弁の魅力あるいは優しさの効果（Les Enchantements de l'Eloquence）』（『フランス児童文学のファンタジー』石澤小枝子他著、大阪大学出版会、二〇一二所収）と題された作品は、ペローに比べると驚くほど長い。ペローは自分の作品に推敲を重ね、初版本のテクストは、一六九五年の手書き本よりさらに短く簡潔にしたと、マルク・ソリアノ（Marc Soriano）がその過程を検証している。

「ある貴族に美しい娘が一人あった。妻と死別したのち再婚した相手にも娘があった。この新しい妻と娘は、先妻の娘を憎み、あらゆるつらい仕事を押し付けた。この娘に許された楽しみは読書だけだった。そのおかげで、娘は礼儀を完全に身に付け、きちんとした会話をすることができるようになった。あるとき一家で出かけた地方の村で、水汲みをさせられた娘は、王子が狩りをしている最中に飛び出してきたイノシシのせいで怪我をする。驚いた王子が傷の手当てをしてくれる。王子は美しく礼儀正しい娘にすっかり夢中になってしまう。王子の代母である妖精は、よく効く薬を持って娘の家をたずねた際、娘の礼儀正しさに感心し、同時に継母の娘にも出会い、粗野で礼儀知らずの様子を目にする。

あるとき、また水汲みに行った娘は、豪華な身なりの貴婦人に水を飲ませてほしいといわれ、やさしく水を汲んで差し出すと、貴婦人姿の妖精はその態度に感激して、話すたびに口から宝石のこぼれる贈り物をする。一方、粗野な娘は、無理やり行かされた泉で、貧しげな女に水が欲しいと頼まれると、汚い罵り言葉で拒絶する。そこで妖精は、この娘が口をきくたび口からヒキガエルやヘビが飛び出すような呪いをかける。礼儀正しく優しい娘は王子と結婚して末永く幸せになり、粗野で性悪の娘は家を出て野垂れ死にしてしまう。」

このように、十七世紀後半の貴族のサロンでは、妖精物語が流行すると、はじめは同根の物語が、それぞれの作者の個性や参加している貴婦人たちの好みに従って変形されて語られるのが常だった。ペローとレリティエ嬢の場合も、同じテーマを扱った競作といってよいだろう。どちらの作品が、どんなふうに人々に気に入られるか競争するのも、サロンでの楽しみだったにちがいない。

この二つの作品の異なる点は、かわいそうな妹娘には、みすぼらしい姿の女として、ごうまんな姉娘には、美しい貴婦人として妖精が現れるペローに対して、レリティエ嬢の物語は妖精の様相が反対になっているところにある。

いうまでもなく、粗野な娘が、貧しいなりをした女に対して、水を飲ませるのを拒否するレリティエ嬢の話のほうが、物語の展開から見ると自然な成り行きといえるだろう。しかしペローは、それをあえて逆にしている。その理由について、水野尚は「みすぼらしい娘にはみすぼらしい格好で現れ、着飾った娘には着飾った格好で姿を見せる妖精とは、実のところ、泉という鏡に映った娘たちの姿そのものではないか。……泉が鏡の役割をこっそりと担い、水を汲みに来る娘たちの姿を忠実に映し出している。」と述べている。（『物語の織物 ペローを読む』彩流社、一九九七）

娘たちの外見をそのまま泉に映し出した妖精は、さらに、目には見えない二人の性格を試すことで、それぞれにふさわしい贈り物を授けることになる。それによって、姉妹の運命はこれまでとは逆転する。勧善懲悪を教えるこの物語は、同時に泉の妖精の絶大な力と働きを称える話でもあるといえよう。そう考えると、なんの変哲もおもしろみもない『妖精たち』というタイトルから、それなりの意味を見出すことができるだろう。また、一人の妖精が姿を変えて現れる話なのに、「妖精たち」と複数形が使われていることがしばしば問題にされる。先行の類話が複数形だったので、それに倣ったという説もあるが、ヨーロッパの各地に点在する泉に、それぞれ妖精が住んでいて、人間に対して、この話と似たような贈り物をすると考えれば、数多くの妖精一般という意味で複数形にされたのかもしれない。

現代の類話

『蛇口の妖精』

あまり変わりばえのしない昔話という印象の強いこの『妖精たち』を、ユーモアたっぷりのパロディに仕立てあげたのが、フランスの現代児童文学作家ピエール・グリパリ（Pierre Gripari）である。グリパリは『蛇口の妖精（La fée du robinet）』というタイトルで、ペローの物語を基盤にしながら創作を試みた。（『木曜日はあそびの日』金川光夫訳、岩波書店、一九七八）

「むかし、村からほど近い泉に、親切でかわいい妖精が住んでいました。かつてガリアの地はキリスト教ではなく、私たちの先祖ガリアの人々は、妖精をあがめていました。この村の人々も妖精をおがみ、泉に花やお菓子や果物を捧げ、祭りの日ともなると、一番いい服を着て、泉のまわりでダンスをするのでした。」

泉の妖精信仰の歴史的実態から書き起こし、キリスト教が広まるにつれて、それが変わっていくありさまを次のように続ける。

「やがてあるとき、ガリアはキリスト教になり、司祭さまが村人たちに、妖精に捧げものをしたり、泉のまわりでダンスをするのを禁じました。妖精は悪魔だから、そんなことをすると魂を失くしてしまうぞ、と言いました。村人たちはそれが本当ではないのをよく知っていましたが、司祭さまが怖かったので、なにも言いませんでした。

でも年寄りたちは、こっそりやってきて、泉にお供えをしました。それを知ると、司祭さまは真っ赤になって怒りました。そして妖精を追い払うために、そこに大きな石の十字架を建てさせ、礼拝行列をしたり、水の上に（向かって）、たくさんのラテン語でふしぎな言葉を唱えたりしました。それで、村人たちは、司祭さまがとうとう妖精を追っ払ったのだと思いました。なぜなら、千五百年もの間、もうだれひとり妖精の噂を聞かなかったからです。妖精をあがめていた年寄り連中は死に、若い者もだんだんに妖精のことを忘れ、その孫たちは、妖精がいたことさえ知りません。妖精の敵だった司祭たちも、妖精の存在など信じなくなりました。」

妖精を信じていた古きよき時代の人々の牧歌的で楽しげな日々と、キリスト教と合理主義によってもたらされた大きな変化との対比が、このプロローグにみごとに要約されている。妖精を弾圧する司祭が、なかなか村人の信頼を得ることができず、いらいらしているようすも戯画的に描かれている。反聖職者・反宗教の要素は風刺文学の伝統的テーマの一つといわれるが、『トム・ソーヤーの冒険』に見られる形骸化した教会や牧師に対する揶揄を思い起こさせる場面でもある。

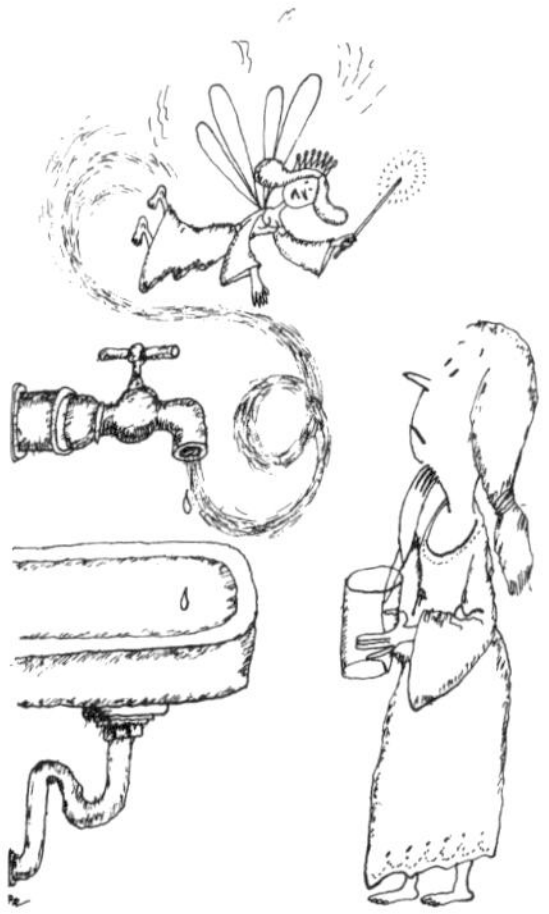

『蛇口の妖精』(‘La fée du robinet’ “La sorcière de la rue Mouffetard” Pierre Gripari, illustration de Fernando Puig-Rosado, © Gallimard, 1980)

しかし、どんなに弾圧されようと、人々から忘れ去られようと、妖精は相変わらず泉の中で生きていた。十字架がじゃまで、外に出られなかっただけだ。妖精は考える。

「辛抱が肝心！　私たちの時代は過ぎ去ったけど、キリスト教の時代だって、やっぱり終わりがくる。いつかこの十字架が粉々に砕けて、きっと私はまた自由になれるわ。」

ある日、妖精の期待どおり十字架は引き抜かれた。だがそれは、キリスト教が終わりを告げたからではなく、泉の水が隣町へ給水されることになり、そのための水道工事がはじまったからだった。妖精はわけもわからず、水道管の中をあちこち流され、とうとうある家の台所の大きな銅製の蛇口に行きつく。

昔ながらの泉の妖精と現代の水道工事という取り合わせもユニークだが、そればかりでなく、次に見られる「行きついた先が蛇口でよかった。水洗トイレの水槽にぶつかることだってあったのだから。そうしたら、妖精は蛇口の妖精ではなく、トイレの妖精になっていただろう。そうならなくて幸いだった。」というくだりには、フランス語では、「robinet（蛇口）」と「Cabinet（トイレ）」、つまり「ロビネ」と「キャビネ」という末尾の音の類似性に言葉遊びの楽しさが味わえる。この物語には、こうした語呂合わせのたくみさが、以後もところどころに見られる。

妖精がたどり着いたのは、両親と二人の娘が暮らす、現代の労働者家族の集合住宅だった。姉娘は食いしん坊で行儀が悪く、妹娘は賢くて礼儀正しい。しかしペローの物語やその他の多くの伝承とはちがって、姉妹のどちらかが親からひいきされたり、虐待されたりすることはまったくない。夜中を過ぎなければ姿をあらわすことのできない妖精の存在に、この家族のだれ一人気がつかなかったのは、日中はきつい肉体労働をしている両親も学校に通う娘たちも、夜の十時にはもうぐっすり寝込んでいたからで、一家は妖精とはなんのかかわりもない平凡で健康な生活をおくっていたことがわかる。

ところが、たまたまある晩、つまみ食いをしてのどがかわき、蛇口をひねって水を飲もうとした食いしん坊の姉娘が妖精に出くわす。そして妖精のほしがるジャムを与えたことから、口から真珠が出るごほうびを授かる。反対に妹娘は、夜中になにか食べるような行儀の悪いまねはせず、妖精の頼みをことわったので、口から蛇が飛び出す罰を受ける破目になる。

行儀の悪い姉娘によい贈り物、行儀がよく、気立てのいい妹娘に悪い贈り物が与えられ、ペローやレリティエ嬢の物語とはまったく逆の展開になるが、それ以上にさらにひと工夫されて、よい贈り物をもらった姉娘が、それゆえに不幸になり、悪い贈り物をもらった妹娘は幸福になるのである。この意味深長で複雑な筋書きが、『蛇口の妖精』をなにより面白くしているといえよう。

まず、よい贈り物を授かった姉娘はどうなっただろうか。娘が口をきくたびに数多くの真珠がこぼれ落ちるようになると、母親はそれを宝石店に持って行って鑑定してもらい、小粒ではあるが、なかなか良質の真珠であることがわかる。そこで、両親は「もっと長い言葉をいったら、大粒になるかもしれない。」と思い、学のある隣の女性に、一番長い言葉を教えてもらう。それは「憲法に反して」(anticonstitutionnellement《アンティコンスティテュシオネルマン》)という言葉だった。この言葉をむりやりいわされた姉娘は、つっかえてばかりいたので、真珠は大粒どころか形がいびつになり、質も落ちる。それでも両親は金持ちになったのを喜び、姉娘をもう学校へは行かせず、一日じゅうしゃべらせて、サラダボールを真珠でいっぱいにするように命じる。

食いしん坊に加えて、怠け者でおしゃべりという欠点も持ち合わせていた姉娘は、はじめは学校へ行かずにすむことを喜んだが、だんだんこんな暮らしにあきあきしてきて、五日目の夜ともなると、怒りに駆られて「ちぇっ！　畜生！」とわめきはじめる。するとどうだろう。巨大な真珠が転がり出たのだ。父親には、その理由がすぐにわかった。「汚い悪い言葉を言うと、真珠が大きくなるんだ。」

なぜなら、「下品な言葉」(グロモ gros mot)には「大きい、太い」という意味の「グロ」(gros)という形容詞が含まれているからだった。つまり卑語と大粒の真珠という、一見なんのかかわりもない組合せにも、掛け言葉のおかしさがあるのだ。

それ以来、両親は姉娘に下品な言葉しかいわせず、いわないと怒るようになったので、嫌気がさした姉娘は、とうとう家出をしてしまう。お腹をすかせ、くたびれ果てた娘は、公園で、やさしそうな目つきをした親切な若者に出会う。彼は、帽子の中に娘の口からこぼれ落ちる真珠を受けとめながら話を聞き、とてもやさしく、自分の家でいっしょに暮らそうといって娘を連れて帰り、ご飯を食べさせ、寝場所をととのえてくれた。けれども、翌朝になると若者の態度が一変し、鍵をかけて娘を部屋に閉じ込め、自分の留守中に、大きなスープ皿を真珠でいっぱいにするよう脅迫する。そして家に帰ってくるなり、真珠の数が足りないといっては、怒って娘を殴るのだった。

これまで宝石などとは無縁の生活をしてきた両親にしろ若者にしろ、いざ価値のある真珠が、ただでいくらでも手に入ることがわかると、娘を脅してでもひと財産を築こうともくろむ。お金や宝石の誘惑にかられて欲望ばかりがふくらむようになると、人間性がすっかり変わってしまい、相手を愛情の対象ではなく、金もうけのための道具としか見なくなる。そのようすが、辛口のユーモアで語られている。ペローの昔話の王子でさえ、妹娘に出会って妖精の贈り物を目にしたとき「ほかのどんな持参金よりすばらしい。」と計算ずくで、結婚したくらいだから。

金づるの姉娘に逃げられた両親の欲望はますます露骨になり、こんどは妹のほうに同じ贈り物を授けてもらいたいと願う。そこで、姉の事件を肝に銘じてけっして夜中に起き出すことのない賢い妹娘に、なんとかして台所の蛇口をひねらせようと一計を案ずる。夕食に、エンドウマメのスープ、ニシンの切り身、レンズ豆を添えた豚肉の塩漬け、それにヤギのチーズというぐあいに、ひどく辛いものばかり食べさせたのだ。さすがにのどが渇いてたまらなくなった妹娘が夜中に蛇口をひねると、例の妖精が飛び出し、またジャムをねだる。

しかし妹娘は「私は魔法の贈り物なんていりません。お姉さんを不幸せにしただけでは足りないんですか！　それに両親が寝ている間に、こっそり冷蔵庫をかき回す権利は、私にはありません。」とぴしゃりと断ってしまう。怒った妖精は、妹娘が話をするたびに、口から蛇が出る呪いをかける。

翌日この事実に驚いた両親は、同じアパートに住む若い医者に相談する。医者は娘にいろいろな言葉をいわせ、その結果さまざまな種類の蛇が出てくることに満足して、娘に求婚する。

「私はパストゥール研究所で、血清を作っていますが、勤務先では蛇が足りません。それで、お宅の娘さんのような人は、私にとっては宝物なのです。」

ここでも姉娘と同じように、「グロモ」を言えば大蛇が、「毒舌」を吐けば毒蛇があらわれる。Venimeux《ヴニムー》という形容詞は、いわゆる毒性のある物を具体的に指すと同時に「毒舌」の意味もあるので、ここにも掛け言葉の面白さが見られる。

こうして妹娘は医者と結婚した。夫はとてもやさしくしてくれるので、とんでもない呪いをかけられてはいても幸せだった。ときどき夫の要求に応じて、卑語や毒舌を吐いてさまざまな蛇を出し、夫の研究に貢献する以外は、けっして口をきかなかったが、素直で慎み深い妹娘には少しも苦にならなかった。

ところで、二人の娘の運命を定めた妖精は、娘たちのその後の消息を知りたくなって、ある土曜日の夜中過ぎ、映画を見て帰ってきた両親のところに姿をあらわした。そして思わぬ結果を聞くと、ひどく落ち込んでしまい、こんな反省をする。

「私はおとなしくしていたほうがよかったらしい。世間の常識を知らず、物事を曲げて判断し、自分のしたことの結果さえ予測できないなんて！　私はもっと賢明な魔法使いを探して結婚し、その人のいいつけに従わなくては……。」

この独白から、これまでの泉の妖精の権威が地に落ちて、いまはまったく凡庸になりさがった姿が浮かび上がる。昔話の妖精はけっしてまちがうことのない絶対的な判断力と行動力を持った存在だったが、蛇口の妖精は、蛇口という狭い空間に押し込められて以来、現代社会に通じる常識も洞察力も失って、狭い了見の世間知らずになってしまったようだ。さらに、自分より賢い魔法使い〈男性〉と結婚して、それに従おうと思うところに、当時さかんになっていたフェミニズムの思想を揶揄する態度も見えかくれする。

その後、蛇口の妖精がようやく自分にふさわしい夫を見つけたいきさつは省略するが、妖精は夫と二人で娘たちにかけられた魔法をといてやる。それによって、もう真珠を出さなくなった姉娘は、例の若者にとってなんの価値もなくなったので、追い出されて自分の家に帰ってくる。しかし、この辛い体験が功を奏し、それ以後欠点を克服して良い娘になった。

妹娘ももう蛇を吐くことはなくなったが、医者の夫は少しも残念に思わず、いつでも二人で話し合える幸せを味わうようになった。娘がおとなしいだけでなく、頭がよくて話題も豊富であることがわかったからだ。

昔話とはちがって、姉妹が同じように、それぞれの幸せをつかむことで物語は終わりになるのだが、そこへ行きつくまでは、これまで見てきたとおり単純ではない。さらに、この物語のおもしろさは、魔法の世界と現代の日常生活が違和感なくつながっているところにある。

長い間泉に住んでいた権威ある妖精が、水道の蛇口で暮らすようになると霊力が衰え、そのことをまるで平凡な人間さながらに嘆き悲しんだり、先を見通す力がなくなったので、わざわざ両親のところに姿をあらわして、娘たちの消息を教えてもらったりする。また魔法の産物である真珠が宝石店で当たり前のように鑑定されたり、同じく魔法の蛇が研究所で実験に使われたりするのだ。

魔法の世界での超自然的な出来事を、単にめずらしいこと、有りがたいこととして受けとめるのではなく、むしろ魔法の力を自分たちのために徹底的に利用しようとする人間のしたたかさが強調されていて、この物語を読むかぎり、現代の人間のほうが妖精より一枚上手なのではないかと思わせる。そして、短い物語のなかに、妖精信仰の歴史、現代の宗教問題、フェミニズム、拝金主義など、いろいろなテーマや風刺がこめられていて、それぞれの読者の興味に応じてさまざまな読みとり方のできる豊かさと多様性を持ち合わせた、現代の寓話というにふさわしい作品である。

❻ あこがれのガラスの靴——『サンドリヨン、または小さなガラスの靴』

お姫さまが大好きな女の子が、とりわけあこがれるのは『シンデレラ姫』の物語ではないだろうか。ペローでは『サンドリヨン（小さな灰っ子）』、グリムでは『灰かぶり』または『灰だらけ姫』と呼ばれているが、私たちには『シンデレラ』という名前がなじみ深い。シンデレラというあだ名は「灰っ子」の意味をもち、毎日仕事がすむと炉の隅のぬくもりのある灰の上にすわりこんで疲れをいやしていたことからつけられた。継母たちに追いやられた屋根裏部屋は火の気もなく、どんなに寒かったかがよくわかる。

この名前からは娘の哀れな状態が浮き彫りにされる。このように継母とその連れ子の姉たちに虐待され、こきつかわれていた美しくやさしい娘が、魔法のおかげで王宮の舞踏会に行き、王子と出会って結婚するハッピーエンドの物語は、似たような話が数多くあり、民間伝承として古くから中国やインドをはじめ、さまざまな地域で語られてきた。さらに

『シンデレラ』といえば、後の時代の芸術家たちに新たな創作意欲を与える物語でもあった。たとえば、ロッシーニやマスネのオペラ・ブッファ、プロコフィエフのバレエが有名であり、続いて映画やアニメも制作されて人気を呼んだ。

類話

『ロードピス（Rhodopis、紅の頬《ほほ》）』

昔から伝わってきた類話のなかでは、ギリシャの歴史家ストラボンが紀元前一世紀に記録した、美しい女奴隷ロードピスの話が現在まで知られている最古のものであるらしい。「ロードピスは、エジプトの屋敷に仕える美しい女奴隷で、ギリシャ人であることや肌の白いことで、まわりの召使いの女たちからいじめられていた。

あるとき、上手に踊るロードピスを見て、やさしい主人がバラの飾りのついたきれいなサンダルをくれた。それを見て、ほかの召使いたちはますますつらく当たる。エジプトの王が祭りを催し、召使いたちもみな招かれたが、ロードピスだけは、たくさんの仕事を押し付けられて行くことができなかった。

川でいいつけられた洗濯をしていると、サンダルが濡れてしまったので、岩の上で乾かしていた。そこへハヤブサが飛んできて、サンダルの片方を持ち去り、王の足元に落とす。王はハヤブサを神の使いだと信じ、そのサンダルがぴったり合う娘を国じゅうから探し出し、見つかったら結婚すると宣言した。王の船がロードピスの屋敷にやってくると、はじめはかくれていたロードピスもついにサンダルを試してはくようにといわれ、みごとに足にぴったり合ったので、王と結婚して幸せになる。」

『灰かぶり猫』

こうして、ヨーロッパの国々に広まった類話は、十六世紀ごろには子どもの好きな話の一つになったと伝えられている。また十七世紀のイタリアの詩人ジャンバティスタ・バジーレ（Giambattista Basile）の『ペンタメローネ』（邦訳『ペンタメローネ五日物語』杉山洋子・三宅忠明訳、大修館書店、一九九五）の中にある『灰かぶり猫（Cenerentola）』はよく知られていた。

「継母にいじめられていたゼゾッラという娘が、大好きな裁縫の家庭教師にそそのかされて継母を殺し、この家庭教師に父と再婚して自分の母親になってほしいと頼む。ところが、父との結婚が成立すると、教師は自分の六人の娘を連れてきて、ゼゾッラをこき使って虐待し、〝灰かぶり猫〟と呼ばれるほど落ちぶれた憐れな身分にしてしまった。

あるとき旅に出た父親は、血縁でない娘たちの望んだ贈り物をととのえ、最後に忘れていたゼゾッラの頼みを思い出した。そこで妖精に会って、娘に頼まれた贈り物、すなわち金のナツメの木とシャベル、缶、絹のハンカチをもらって帰る。

これらの贈り物のおかげで、ゼゾッラは、家族に気づかれずにお祭りに出かけて王さまに見染められる。王さまはこの美しい娘のことを知りたくて、召使いに娘のあとをつけさせるがうまくいかない。三度目の祭りの日、馬車が勝手に走りだし、ゼゾッラの靴がぬげ落ちてしまう。それを拾った王さまが祝宴を開き、国じゅうの娘を呼んで、だれにこの靴が合うかを確かめる。

最後にやってきたみすぼらしいゼゾッラの足に靴はぴったり合い、王さまは大喜びでお妃にした。」

この物語が継母を殺すエピソードから始まることに、多少の違和感を覚える。私たちがよく知っているシンデレラのイメージは、どんな逆境にも耐え忍んで幸せを得る天使のような娘であって、仮にも殺人などとはほど遠い存在なのだから。

グリム童話『シンデレラ(灰かぶり)』との対比

真夜中の約束事

世界じゅうの数多い類話のなかでも、現在まで一般に広く親しまれているのは、ペローかグリムの再話による『シンデレラ』であろう。しかし、そうはいっても、この有名な二つの物語を比べてみると、少なからぬ違いがあることに驚く。『赤ずきん』や『眠り姫』を例にあげるまでもなく、日本ではグリムの物語のほうが有名だが、この『シンデレラ』にかぎっては、広く知られているのは、実はペローの物語なのである。

シンデレラといえば、すぐに思い出されるのが真夜中の約束事である。自分も舞踏会に行きたいと泣いていたシンデレラに、魔法の力を使って、望みをかなえてくれた名付け親の妖精は「かならず夜中の十二時より前に、お城から帰ってくること」を約束させる。十二時を過ぎると、魔法がすべてとけて、シンデレラはまたもとどおりのみすぼらしい姿になってしまうというのだ。このドラマティックな約束事は、シンデレラ物語をきわだたせる重要な要素であり、魅力にあふれている。

かつて、遠距離恋愛の恋人同士が週末をともにすごし、最終列車（一九八七年当時は東京駅二十一時発大阪行きの東海道新幹線）で別れるという場面が「シンデレラ・エクスプレス」という歌になったり、JR東海のキャンペーンに使われたりしたことがあったが、それもこのエピソードが、いかに多くの人々に知られているかの証拠といえよう。

ところが、これほど有名な約束事がグリムにはない。（ただし一八一二年の初版本には、鳩たちが「真夜中までにはもどってくるんだよ。」という場面がある。）夕方まで王子といっしょに踊った灰だらけ姫は、「家へ帰ろうと思いました。」というにとどまる。時間の制約が一切ないので、あわてて帰る必要もなく、ただなんとなく帰るというにすぎない。そればかりか、靴の片方を落とすための理由づけもない。

時間がきびしく決められているからこそ、ペローのサンドリヨンは、「まだ十一時にもなっていないと思っているときに、時計が十二時を打つ最初の音が聞こえてきたので、まるで雌鹿のような身軽さで」逃げ出し、そのとき、うっかり靴が脱げてしまう。「サンドリヨンがガラスの靴の片方を落としていったので、王子はそれを大事に拾い上げました。」と、ここでは論理的に説明がつく。

グリムの物語では、王子は、帰っていく灰だらけ姫のあとをつけることにする。しかし、一度目は鳩小屋に、二度目は大きな梨の木にかくれたはずの灰だらけ姫を見つけることができない。待っていると灰だらけ姫の父親がやってきたので、恋しい娘の行方《ゆくえ》を尋ねる。父親は「それは灰だらけ姫かもしれない。」と思って、鳩小屋をこわしたり、梨の木を切り倒したりするが見つからず、そのころ灰だらけ姫はもう家にもどっている。

ペローにはまったく登場しない父親のこうした破壊的な行為や、なぜ父親が、王子が探しているのは家で留守番させられているはずの灰だらけ姫ではないかと疑ったのかなど、この場面には不可解な点が多い。結局、どうしても灰だらけ姫をつかまえることができないので、王子は三度目の舞踏会の折、はかりごとをめぐらし、前もって階段にピッチを塗らせておく。

「灰だらけ姫が、急いで飛び降りたとき、その左の上靴が床についたままはなれなくなってしまったのです。」

つまり王子は策略によって、灰だらけ姫の靴を手に入れた。うっかり脱げてしまった靴とピッチでくっついて脱がされた靴とでは、ずいぶん印象がちがうが、ここでは、グリムの王子の積極性と執念を見ることもできるだろう。

名付け親

ペローにあってグリムにはないもう一つの要素は、名付け親の存在である。カトリックの国では、子どもが誕生してまもなく行われる洗礼式のとき、実の両親以外に代父・代母となる人が立ち会い、その子の将来にわたって、とくに精神的な面での支えを引き受ける。代父・代母は、近親者や友人など親しい人に頼む場合が多い。実際に名前を付けることもあったのか、名付け親とも呼ばれていた。

サンドリヨンの名付け親は妖精だったので、姉たちを見送ったあと泣き暮れているサンドリヨンを舞踏会へ行かせるために、すばらしい魔法を使うことができた。まず、畑からとってきたカボチャを「皮だけ残して中をくりぬき、杖でたたいて」金色の四輪馬車に変える。そのあと魔法の杖をふるたびに、六匹のハツカネズミは、ねずみ色の六頭の美しい馬に、みごとなひげのあるネズミは、りっぱな口ひげを生やした太った御者に、六匹のトカゲは、派手な制服に身を固めた六人の従僕に変わる。もちろんサンドリヨンのみすぼらしく汚れた服は、金糸銀糸で縫いとられ、宝石の散りばめられた輝くような豪華な衣装になる。そして、名付け親はおしまいに、「この世でいちばん美しいガラスの靴」をサンドリヨンに与えて、魔法の技を終えるのだ。

ここで使われる魔法は、なにもないところからなにかを作り出すような性質のものではなく、すべてをそれらしく変えるのが特徴である。カボチャは中身を出して、つまり人が入れるスペースをあけた上で馬車にしたり、ハツカネズミはその色合いと同じような毛の馬に変えたり、わざわざひげの立派なネズミを選んで、みごとな口ひげの御者にしたり、体つきの特徴や数も、たしかに変身前と後とがきちんと合うようになっている。

従僕にされたトカゲについては、マルク・ソリアノ（Marc Soriano）が、フランス語に「〝トカゲのように〟怠けている（paresseux comme un lézard《パレッスー・コム・アン・レザール》）」という表現があることを指摘した。同じく十七世紀には「〝従僕のように〟怠けている」という表現もよく使われていたといわれる。貴族から見ると、従僕とは、目につかないところにかくれて、仕事をさぼり、叱ろうとすると逃げ足が速くてつかまらない困った存在だったらしい。そうだとすると、トカゲを従僕に変えたのは、単に色形や数合わせばかりでなく、そのものの属性まで考慮に入れての決断だったということもできるだろう。なお、「トカゲになる（faire《フェール》・le lézard《ル・レザール》）」という表現もあって、こちらも同じく「のんびりと、仕事をせずに日向ぼっこする」という意味で使われる。

このような魔法については、「ペローの妖精はデカルト的であって、魔法を使う場合にも理性を働かせている。」というフェルナン・バルダンスペルジェ（Fernand Baldensperger）の説が紹介されている。（『本・子ども・大人』ポール・アザール著、矢崎源九郎・横山正矢訳、紀伊國屋書店、一九五七）

この魔法を創作したとき、ペロー自身が時代の風潮に大きな影響を受けていたと考えられる。十七世紀後半には、理性に基づく合理主義的な考え方が広まって、支配的になっていたから、たとえ単純で楽しい子ども向けの魔法であっても、一定の基準にしたがった理性的な変身にせざるをえなかったのではないだろうか。

グリムではこの場面はどうなっているだろう。先述したように、グリムには名付け親の妖精は登場しない。灰だらけ姫を助けて舞踏会へ行かせてくれるのは、ハシバミの若木と小鳥たちである。

「ある日、父親が大市へ行こうとして、娘たちにみやげになにがほしいかと尋ねた。姉たちはそれぞれ服や宝石を頼むが、灰だらけ姫だけは〝帰り道で最初に帽子に当たった小枝を折ってきてほしい。〟と言った。父親は言われたとおり、帽子に当たったハシバミの小枝を持ち帰る。灰だらけ姫はその枝を、母の墓の上に植えて涙を流した。すると、涙のかかった枝はぐんぐん大きくなり、立派な木になった。毎日三回ずつお墓参りに行くと、木の上に白い小鳥が飛んできて、灰だらけ姫の望みの物をなんでも投げ落としてくれるようになった。」

ここに出てくるハシバミの若木は、ヨーロッパでは占いに使う棒や魔法の杖として使われ非常に霊力の強い樹木と信じられてきた。

ハシバミの木も白い鳥も、いってみれば亡くなった母親の身代わりであり、母親の霊性の象徴として描かれていると考えられる。とすると、母親代わり（代母）が実際に助けにやってくるペローとの違いはそれほど大きくないともいえよう。けれども、魔法の杖の一振りで、カボチャから始まって、さまざまな動物たちをまたたくまに変身させるペローのほうが、はるかに視覚的な効果は大きい。

ガラスの靴の効果

名付け親である妖精の魔法によって変身したものは、その警告どおり、すべて真夜中を過ぎるともとの姿にもどってしまうのだが、ただ一つそのままの形で残るのが、シンデレラの幸運の鍵ともいえる「ガラスの靴」である。靴はなにかを変えて作り出したものではなく、最初から魔法の産物であり、妖精からの贈り物だからである。

「ガラスの靴」には、表題にするほどのペローの強い思い入れが感じられるが、なぜかフランス語で一般に「靴、履物」をあらわすchaussures《ショスュール》ではなく、「スリッパ、室内履き」に当たるpantoufles《パントゥフル》が使われている。

現代フランス語辞典で実際の図柄を見ると、スリッパのようなつっかけ式ではなく、かかとの浅い靴型で、学校などで用いる「上履き」を連想させる。かかとの高い豪華な靴よりも上履きのほうが軽くて、ダンスにも全速力の疾走にも向いているだろうと思うものの、それでは簡単に脱げないのではないかとの疑いもふくらむ。また、passer sa vie dans《パセ・サ・ヴィ・ダン・》 ses pantoufles《セ・パントゥフル》という慣用句には、「家にこもってのんびり暮らす」の意味があるので、「の

ガラスの靴をためす場面（"Contes", illustration de Gustave Doré, © Hachette livre 1999)

んびり」ではないにしろ、常に家にこもっていなければならなかったサンドリヨンには、pantouflesがふさわしかったともいえるだろう。

一方、新倉朗子は「スリッパのようにみえる五世紀末の貴婦人の靴（ラクロワ本〈Paul Lacroixの本〉の挿絵）か〝パントゥフルは、踵の後ろを囲む部分のない、足を押し込むスリッパ〟というプランシェ（J. R. Planché）の定義をよりどころにすればmule《ミュール》（踵の高いスリッパ）に近い形を思い描くしかない。」としている。

さらに「辞書の代わりに昔話集によってパントゥフルの用いられ方をみるな

ら、それは柔らかなくつろぎの上履きではなく、ぜいたくな、貴金属やガラスといった固い材料で作られており、しばしば魔力を持ち、王女や妖精の持ち物である。」というポール・ドラリュ（Paul Delarue）の見解が紹介されている。（「シンデレラのガラスの靴論争」児童文学研究第十五号）

先述の女奴隷ロードピスでは「サンダル」、バジーレでは、靴に重ねてはく厚底のオーバーシューズの「木靴」と描かれている。この木靴は高さ三十センチもあり（当時高い靴が流行していた）、持ち主の前に置くと吸いつくようにぴったりくっつく魔力を持っているとある。

ペローと同時代に数多くの妖精物語を生みだしたドーノア夫人（Madame d'Aulnoy）は、『サンドリヨン』と『親指小僧』を組み合わせたような『フィネット・サンドロン(Finette Cendron)』を創作した。サンドリヨンを思わせるヒロインが舞踏会から帰るときに脱げてしまった靴は、「真珠で刺繍された赤いビロードのミュール」となっている。

この「シンデレラの靴」については、十九世紀になって「ガラスの靴論争」と呼ばれる大論争が起きた。著名な作家バルザック（Honoré de Balzac）が、靴の素材は「ガラス」（verre《ヴェール》）ではなく「リスなど小動物の毛皮」（vair《ヴェール》）であると言いだした。いわゆる同音異義語の観点からすると、どちらもヴェールという発音であり、vairという言葉がほとんど使われなくなったので、おそらく後の編集者が勝手にverreに置き換えたにちがいないと主張した。この説を受けて、リトレ（Littré）は自分の編纂する権威ある『フランス語辞典』にvairを取り入れ、「サンドリヨンの話のいくつかの版では、不条理なことに、ガラスの靴と印刷されている。」と記した。壊れやすいガラスの靴はダンスには不向きであるという合理的な解釈もあった。

先述の新倉論文では、この論争は百年間も続き、ディズニーの映画『シンデレラ』の上映をきっかけに、一九五一年には〝ル・モンド〟紙上でも、さらに論争が展開されて話題を呼んだことが詳述されている。

私の手元に、フラマリオン社から一九三四年に出版された『ペロー昔話』があるが、それを見ると、やはりサンドリヨンの靴にはvairが使われているし、イギリスの人気作家ロアルド・ダール（Roald Dahl）の書いたシンデレラのパロディでも、シンデレラは「銀のミンクの毛皮靴がほしい。」というのである。私が小さいころ読んだ『ペロー童話集』の中に、「リスの毛皮靴のサンドリヨン」という題があったことも、あわせて思い出される。すでに別の本で「ガラスの靴」のことを知っていたので、どうしてこの本では、ガラスではなくてリスの毛皮なのか、ふしぎでたまらなかった。

この論争は単に同音異義語による勘違いというだけでなく、論争を引き起こした人々が言葉の背後にどんな意味を与えたかったのかが微妙な問題になる。片木智年は「vair（毛皮）が中世において王侯の印であったことが重要で、サンドリヨンの認知の印である靴は、本来高貴な者のみに使用を許された素材の靴、つまり一時的に隠されてしまった正当な血筋の証だったと考えることもできる。」と述べている。（『ペロー童話のヒロインたち』せりか書房、一九九六）

再び「ガラスの靴」にもどって考えると、最初から魔法がかかっているのだから、靴はけっして壊れるはずはない。透明な光をたたえ、純粋で、どこかはかなげなガラスでできた靴はサンドリヨンにぴったりで、実際にはありえないからこそロマンティックなあこがれを呼ぶ。これなくしては、シンデレラ物語は成り立たないといってもいいすぎではなく、たとえどのような解釈があろうとvair（毛皮）説は受け入れがたい。再びドラリュの言葉を引用して、同音異義語によるまちがいではないことを確認したい。

「ペローは、ガラスと書いたことで間違いを犯さなかったばかりでなく、伝承の根本に従ったにすぎないのである。なぜならば、ガラスや水晶の上靴は、〝サンドリヨン〟の話だけではなく、カタロニアやスコットランドやアイルランドで収集された、ペローの影響の認められない他の話からも証明され、それらの地域では、フランス語の場合のようにガラスの上靴と毛皮の上靴の間に混乱が生じるような同音異義語が存在しないからである。」(『フランス民話集』新倉朗子訳、岩波書店、一九九三)

グリムの『灰だらけ姫』の靴はというと、「絹と銀糸でししゅうした上靴」とか「金の靴」というように舞踏会のたびに変わっていて、靴の素材にはほとんどこだわっていないように見える。また、ペローがこのガラスの靴をはいて踊る舞踏会の場面を、二度しか描かなかったのに対してグリムは三度描いているところにも注目したい。

鏡の効果

昔話には、三という数が多く用いられ、三人兄弟・姉妹、出来事の三回の繰り返しが一般的である。そのため多くの類話やグリムでは、昔話の伝統に従って舞踏会は三度行われ、三度目に決定的な出来事が起こるようになっている。

しかしペローの語る舞踏会は、回数からいえば一回足りない。それにもかかわらず、舞踏会が催されたのは三回にも四回にも感じられるように書かれていて、読者はほとんどその回数を意識することなく、読み進むにちがいない。

ソリアノは、この手法を「鏡の効果」と呼んで分析し、ペローの卓越した工夫を讃えている。「鏡の効果」とは、最初は作者の客観的な描写、続いてサンドリヨンの姉たちの口から感想が語られることで、舞踏会が実際の回数よりも多く感じられる手法を指す。

一回目の舞踏会では、サンドリヨンが到着すると、王子が急いで出迎え、大広間に案内する。誰も知らないこの王女があまりにも美しいので、広間に集う人々はみな感嘆して眺める。王までがうっとりし、貴婦人たちは羨望のまなざしで、その衣装と髪型をじっと見る。王子が誘うと、サンドリヨンは優雅に踊り、ますます人々の注目の的になる。サンドリヨンは、姉たちのそばに行って、王子からいただいた、当時は高級な果物だったオレンジやレモンを分け与え、十一時四十五分になると、急いで立ち去った。

このように客観的に書かれた同じ場面を、帰ってきた姉たちが「これまで見たこともないような美しい王女さまがいらして、私たちにやさしくしてくださり、オレンジやレモンをくださったのよ。」とサンドリヨンに話して聞かせることで、一つの像が鏡に映って二つになったように見える。

さらに姉たちは、王子はあの王女がだれなのか知りたくて心を悩ませ、それを知るためだったらなんでもするといっていらっしゃる、とサンドリヨンが知るはずのない、人々の噂まで付け加える。つまり鏡には、前とまったく同じ映像だけでなく、新しい事柄も映し出されることになる。

二回目の舞踏会になると、サンドリヨンは最初のときよりも美しく装い、王子はそばにつきっきりで、やさしく話しかけている。だが十二時の時計の音が響くと、サンドリヨンは大急ぎでお城を抜け出す。そのとき靴の片方を落としていったので、王子はそれを拾う。すべての魔法がとけて、息せき切って家に戻ったサンドリヨンに、後から帰ってきた姉たちがこの出来事を話す。姉たちの話には、王子は舞踏会が終わるまで、この美しい小さな靴の片方を見つめていらした、と自分たちが実際に見た光景と、王子はあの靴の持ち主の美しい方にすっかり夢中になってしまわれたにちがいない、という推測の両方が入り混じっている。こうして鏡の映像は、ますます変化に富んだものになる。つまりこれが鏡の効果である。

さて、鏡といえば、次のような話もある。

フランスの現代作家ミシェル・トゥルニエ（Michel Tournier）の『絵のお話（La legende de la peinture）』と題された短編の中に、鏡を使った寓話的な物語が挿入されている。

「むかし、バクダッドの王が、一人は中国、もう一人はギリシャの画家にそれぞれ、宮廷の貴賓の間の二つの壁を飾る絵を描かせ、どちらがすぐれているか競争させた。中国の画家はすばらしい壁画を描いたが、ギリシャの画家はほとんどなにもせず、中国の画家の作品が出来上がったとき、二つの壁を仕切っている幕をあげただけだった。見ると、一方の壁面には広大な鏡が備え付けられていて、中国の画家の絵をそのまま映し出した。そればかりか、中国の画家の絵には描かれていない、実際に絵を見るために集まった宮廷の人々の生き生きした動きや華やかな衣装をすべて映していた。結果的には、ギリシャの画家が勝利者になった。」

ここに見られる「鏡の効果」は、ペローの場合の比喩的表現とはちがって、実際に鏡そのものを使っての直接的効果が語られているのだが、鏡に映る映像の多様性という点を考えると、興味深い示唆である。

時代の反映

ペローの作品は時代が色濃く反映されているのが特徴であるが、本話において十七世紀当時の現実は、どのように書かれているだろうか。

ここではまず、この時代の貴婦人のファッションが華やかに描写される。それは、王宮の舞踏会に招待された姉たちが、大喜びで当日の衣装や髪型を選ぶ場面に見られる。姉たちのために支度をととのえるサンドリヨンの苦労の種となるのが、「下着についているレースのしわをのばしたり、袖口に丸いひだ飾りをつけること」だった。レースのしわのばしと同じく、糊で固めた円形のひだを、手でたたんで、袖口にリボンや銀のボタンでとめるのは、実に細かい手のかかる作業だったという。

姉たちの服装は、「イギリス製のレース飾りをつけた赤いビロードのドレス」、「ふだんの内スカートに、重ねてはく金の花模様の外スカートとダイヤモンドのブローチ」、髪型は、腕のいい美容師を呼んで、「二列のコルネット型」に結いあげてもらい、当時は顔色の白さを引き立たせたり、吹き出物を隠したりするのに用いられた「つけぼくろ」を買わせた、と実際に目で見るように、細かく具体的に描写されている。

姉たちが興奮のあまりなにも食べられず、さらにウエストを細く見せようとコルセットで締め付け、ひもが十二本も切れてしまった、と書かれているのを読むと、当時の貴族の令嬢たちのおしゃれにかける涙ぐましい努力の跡が垣間見られる。それは現代の若い娘たちとも、あまり大差はないようだ。

舞踏会の席でも、大勢の貴婦人たちが、サンドリヨンの衣装と髪型を羨望のまなざしで見つめ、「あれほど美しい布地と腕のいい美容師を見つけられたら、明日にでもさっそくまねをしようと思う」ほどだから、当時の流行のファッションが、貴婦人たちにとってどれほど大きな関心事だったかがよくわかる。

大団円の靴を試す場面では、まず「王子があのガラスの靴にぴったり合う女性と結婚する」とラッパを鳴らしてお触れが出る。その後、役人が靴の片方をたずさえて、しかるべき娘のいる家々をまわり、靴を試すことになるのだが、その順番は、最初は王女たち、次に公爵家の令嬢たち、続いて宮廷じゅうの女性たちというふうに、ちゃんと当時の身分階級の序列どおりに行われる。そもそも『サンドリヨン』は最初から貴族の令嬢の物語であり、実際お城の舞踏会に招かれるのは、相応の身分のものだけだったから、同じく指輪を試すエピソードのある『ロバの皮』のように、女でさえあれば上流階級から最下層のものまで、すべてが対象になるのとはちがって、あきらかに時代の現実に即して書かれているのを知ることができる。

『ロバの皮』との類似

ここにあげた『ロバの皮』の物語は、ペローの書いた韻文の一つである。『ロバの皮』の話というと、当時は昔話一般を指す代名詞のように使われていた。ペローの『ロバの皮』は次のような物語である。

「お妃の死後、自分の娘である王女との結婚を強く望んだ父王から逃れようと、王女は妖精の助けを借りて、青空の色、月の色、太陽の色のドレスを所望する。実現は不可能と思ったにもかかわらず、父王はすべてのドレスを作らせてしまう。

王女が最後に望んだのは、金貨を排出する貴重なロバの皮だったが、王は迷うことなくこのロバまで殺して、その皮を娘に贈る。父王の道ならぬ欲望に恐怖を感じた王女は、ロバの皮をかぶって身分を隠し、遠くへ逃げていく。」

ここまでが第一部にあたり、第二部では、以下のような出来事が続く。

「最下層の卑しい下働きの女になって、どんなときも汚いロバの皮をかぶったままで辛い仕事をしている王女は、みんなに〝ロバの皮〟と呼ばれてさげすまれていた。ただ、休みの日だけ、自分の部屋でロバの皮を脱ぎ、美しいドレスを次々に着ては楽しんでいる。それを、偶然にも狩りにやってきたその国の王子に見られてしまう。

美しい王女の姿をのぞき見て、恋い焦がれた王子は病に倒れ、ひん死の状態になる。病気を治すのにどうすればよいか城の人々が考えていると、王子は人々の噂を聞きつけ、どんなに汚くさげすまれていようと、どうしても〝ロバの皮〟の作ったケーキが食べたいと言い出してきかない。城中の人々が困りぬいたあげく、とうとう王子の願いをかなえることになった。

〝ロバの皮〟の作ったケーキの中から出てきた指輪が決め手となり、〝ロバの皮〟はほんとうは高い位の王女であることがわかって、王子はめでたく王女と結婚する。かつて娘に狂おしい恋情を抱いた父王も改心し、喜んで婚礼に出席して、すべてがうまくおさまる。」

このような二部構成の入り組んだ筋書きに加え、近親相姦をにおわせた物語ではあるが

（再話には、王女が実の娘ではなく血縁ではない義理の娘と設定している話もある。）全体としては『サンドリヨン』の類型とされ、文体や構成の荒削りなところが洗練されてできあがったのが『サンドリヨン』であるともいわれている。

ほんとうは美しい娘が灰にまみれて汚れていたり、ロバの皮をかぶって醜い姿になっているところや、助けてくれる代母の妖精の存在、「靴」と「指輪」という小道具がヒロインの幸せの鍵となることも共通している。『ロバの皮』では、ヒロインの王女が王子の要望で作ったケーキの中に指輪を落としたことから、王子はこの指輪に合う娘と結婚すると宣言したので、国じゅうのすべての娘たちが、指輪を試しにやってくる。この場面は先に見たように、現実的な物語と昔話のちがいはあっても『サンドリヨン』の靴試しを思わせる。

民間伝承からの影響

実際、民間伝承には、『サンドリヨン』と『ロバの皮』の二つが組み合わさって語られる『ろばっ子の皮』という話がある。

「お妃の死後、父王は自分の娘との結婚を望んだ。王女は代母の助けを借りて逃れようとするものの、結局、〝ひとりでに糸を紡ぐ糸車〟〝星のようなドレス〟〝太陽のようなドレス〟〝月のようなドレス〟〝四匹のねずみのひく、風のように一直線に走る馬車〟を父王からもらった。次に代母は〝それを全部持って家を出て、途中で羊飼いからロバを1頭買い、皮をはいでもらってそれをかぶって、農家で働きなさい。〟と命じた。王女は羊飼いとして雇われ、糸紡ぎもさせられる。ひとりでに糸を紡ぐ糸車を使って何日も作業を続けた。

日曜日が来ると、許しを得てダンスをしに出かけていく。次々と美しいドレスに身を包んで踊るこの美しい娘のことを知りたくて、最初は雇い主の息子、次は一人の青年がどこから来たのかと聞くと、最初は〝雑巾の国〟、次は〝箒の国〟と答える。噂を聞きつけて、娘に会おうとやってきて一緒に踊った王子には、〝火掻き棒の国から〟という。王子は娘の後をつけて、娘がロバの皮をかぶって農家に帰るところを見届けた。

この娘に恋焦がれて王子は病気になり、羊飼いの娘の焼いたケーキが食べたいといい張り、とうとう娘が連れてこられた。粉をこねている間に、王子がそばにきてロバの皮を引っ張る。娘は〝猫、猫、猫ちゃん、わたしのロバの皮をかじってるわよ。〟といって、元の位置に戻す。王子がいなくなると、娘はできあがったケーキの中に、自分の指輪を入れた。
この指輪を見つけた王子は、たちまち病気が治り、〝わたしは指輪を見つけました。この持ち主と結婚します。〟と宣言し、すべての娘がやってくる。一番最後に来たロバっ子の皮の指に指輪はぴったりはまる。王子がロバの皮を引っ張ると、太陽のドレスを着た王女があらわれ、もうだれ一人からかうものはいなくなった。」（『フランスの昔話』アシル・ミリアン、ポール・ドラリュ著、新倉朗子訳、大修館書店、一九八八）

これによって、ペローではそれぞれ独立した物語と見なされるこの二作の間に、深い類似のあることがわかる。

『ロバの皮』の指輪について、作者のペロー自身がだれかに聞いた話として「少し急ぎすぎたので、偶然ケーキの中に指輪が落ちたのだ。」と記しながら、すぐそのあとには、「この話の結末を知っていたという人々によれば、ロバの皮をまとった下働きの娘（ほんとうは身分の高い王女）は、小屋の鍵穴から自分をのぞき見た王子の視線を確かに感じ取り、わざと指輪をケーキの中に入れたのだ、娘は必ず指輪は王子の手に渡るにちがいないとの確信を持っていた。」と微妙で複雑な女ごころの描写がある。そして、この点については、作者であるペローもまた「私もそう思う。」と断言している。さらに「女性はこういう点ではとても鋭く、目の動きもすばやいので、向こうに感づかれずに女性を眺めることなど、一瞬たりともできません。」とペローの女性観が展開する。

民間伝承では、「ケーキができあがると、娘はその中に指輪を入れました。」と、最初から娘が自分の意志で指輪を入れたことがはっきり語られているので、その影響を受けて書かれたと思われる。

では、お城に靴を落としてきたサンドリヨンの場合はどうだろう。シンデレラはわざと靴を落としたのだと書かれたパロディものを目にしたことがあるが、それについて物語の中では、実際なに一つ語られていない。だが少なくとも、靴を落としてきたことから、サンドリヨンがなんらかの期待を抱いたと推測することは可能である。

「私に合わないかしら。試してみたいわ。」

役人が靴を持って家にやってきたとき、それが自分のものだとわかったサンドリヨンは、笑いながらこういった、と書かれている。このサンドリヨンの言葉と態度に、ヒントが隠されているのではないだろうか。姉たちにどんなにあざけられようと、このときのサンドリヨンは、にっこり笑うほど自信満々、余裕綽々《しゃくしゃく》だったはずである。なにしろ靴のもう片方は、たしかに自分が持っているのだから。

一方、「ロバの皮」の指輪試しに、身分には関係なくすべての娘たちが集められたのと同じく、王子自身が靴を試しに、それぞれの家をまわるグリムの『灰だらけ姫』は、現実的な「サンドリヨン」に比べると、いかにもおとぎ話ふうである。また、合わない靴をむりやり足に合わせようとした姉たちが、足の親指を切り落としたり、かかとを削ったりする血なまぐさい場面と、最後に小鳥が飛んできて、姉二人の眼をつつき出すグリムの残酷な場面は、ペローにはまったくない。ただし、ペローの『ロバの皮』の指輪試しの場面では、「まるでカブでも切るように指を削ったり」、「指先を切り落としたり」、「指にプレスをかけたり、なにかの液体に浸したり」、指輪のはまる指にするために、女たちが試さなかったやり方は一つもなかったと書かれていて、ここにグリムとの類似が感じとれる。

『サンドリヨン』では、陰惨な行為の描写がないだけでなく、「サンドリヨンこそ舞踏会で会った美しい人だということがわかった姉たちは、サンドリヨンの足元に身を投げ出し、今までの意地悪な仕打ちを詫びた」のである。そして二人そろって、「美しいだけでなく心根のやさしいサンドリヨン」のおかげで、大貴族と結婚させてもらって幸せになる。ここには、自分たちの罪を心から後悔して詫びれば、赦されて救われる「懺悔」「赦し」「救い」

というキリスト教的価値観が反映されている。

一方、グリムの物語の姉たちは、ごまかしたり、嘘をついたりしたあげく、灰だらけ姫の幸せにあやかろうと、結婚式の日にやってきてお世辞を並べ立てたので、「罰として一生盲目ですごさなければならなかった」のである。

自分たちの悪い行いに対して、後悔や詫びを一切しないために、最後に石像にされてしまう、ボーモン夫人（Jeanne Marie Leprince de Beaumont）の『美女と野獣』に登場する姉二人も、このグリムの結末とよく似ている。どちらも、昔話によく見られる勧善懲悪の寓意を含んでいる。

二つの教訓

こうした結末に呼応するように、ペローは初めの教訓で「外見を着飾り、美しく見せることよりも、内面から滲み出るような気品のほうがずっと価値がある」ことを、とくに「美しいお嬢さまたちへ」語りかけている。

気品とは、当然ながら心の美しさ・善意があってこそ備わるもので、「これこそ、名付け親がサンドリヨンに教えたこと。熱心に仕込み、教育したので、王妃にまでなれたのだ。（この物語では、こうしたことを教えているのだろう。）

この贈り物は、みごとに髪を結い上げることより大切。男性の心をとらえ、目的をとげるには、気品こそが妖精からの本当の贈り物。これがなければ、なにもできず、これがあればなんでもできる。」といい、『サンドリヨン』の物語で一番大切なことだと教えている。

どちらかといえば、外見の美しさにとらわれがちな若い娘たちに、心の美しさ、気品の大切さを説くこの教訓は、平凡であっても理解しやすい。しかし、もうひとつの教訓となると、多少の皮肉やさまざまな思惑がこめられ、斜に構えた物言いのようにも受け取れる。

「知性や勇気、生まれのよさや良識、神から授かった、ほかのいろいろな才能に恵まれることは、まちがいなく、とても有難いことだ。しかし、それらがあるだけではどうにもならない。目的をとげるには、なんの役にも立たない。もし、そういういいところを生かしてくれる名付け親の代父や代母がいなかったら。」

どちらの教訓を読んでも、一番大切なのは名付け親（代父や代母）の存在であることがわかる。なお、二つ目の教訓では、どんなにたくさんの長所があったとしても、それをどのように使うかを教え、生かしてくれる名付け親がいなくては、まったく無用の長物だと決めつけている。

たしかにサンドリヨンにしても、どんなに美しく、善い娘だったとしても、名付け親がいなければ、一生灰まみれでみじめな生活をしていたにちがいない。

両方の教訓に見られる「目的達成」とは、この物語と照らし合わせれば、幸せな結婚、それも自分の身分以上の相手と結ばれることを意味すると考えられる。そのために名付け親が、贈り物を授けただけでなく、熱心にしつけ、教育したと、最初の教訓に書かれている。どんな長所もただ持っているだけでは役に立たず、それを発揮するには教育の力が必要だとペローはいいたかったのかもしれない。

自分の子どもたちの教育に熱心に取り組んだといわれるペローだから、読者である若い娘たちにも、ただ外見を美しく装って、結婚にあこがれるだけでなく、きちんとした教育を受けて、名実ともに一人前の女性になることが大切だと教えたかったのだろう。

＊＊＊

私は大学で授業をしていたとき、この『サンドリヨン』の教訓を、何度かレポートの課題にして、学生たちに、いまの自分の境遇からこの教訓をどのように読み取るかを書かせた。

自分にとって大切な「名付け親」とは、両親、きょうだい、先生、友人、恋人など具体的な人間から、誠意、友情、恋愛、運命、教育といった抽象的概念をあげた学生も多く、就職活動さなかの三、四年生からはコネ（人脈）という解釈も出た。しかし「目的達成」を結婚と結びつけて考えたものは多くなかったし、まして「玉の輿」的感覚は皆無だった。これも時代の特色であり、健全な志向といえるかもしれない。

いずれにしてもペローの教訓のおかげで、小さいときに親しんだお姫様のお話が、現代の若い娘たちの共感と批判を生みだすきっかけになったことは、私自身にとって興味深い経験だったと思っている。

7 あばたもえくぼ ――『とさか頭のリケ』

エスプリの物語

今から二十年近く前のことになるが、私の家の近所に、新しくパン屋が開店した。おいしそうなフランス・パンが所狭しとならべられ、その日の風向きによっては、パンを焼き上げる香ばしいにおいが我が家にまで漂ってきて、思わず買いに走ったこともある。

フランス人のパン職人が、初めは神戸に近い芦屋市で開店し成功し、次に支店として開いたのが東京のこの店だという。店は毎日驚くほど繁盛していて、噂を聞きつけて遠くから買いに来る人々も大勢いる。

私が興味をもったのは、パンのおいしさもさることながら、実は〝エスプリ・ド・ビゴ(Esprit de Bigot)〟という店の名前だった。ビゴは、開店以来ときどき顔を見せる主人の名前にちがいない。だが、この場合の〝エスプリ〟には、どんな意味があるだろう。日本ではよく「エスプリのきいた会話」とか「エスプリのあふれた文章」などといった表現が使われ、なんとなくわかったような気になっているが、「エスプリ」とは、実際は含みの多い、難しい言葉だと思う。手元の簡便な仏和辞書を引いただけでも、約1ページにわたって、次のようにさまざまな訳語が出てくる。

1精神・心、2頭・意識・知性・頭脳、3才気・機知、4気性・性向、5（ある精神・気性の）持ち主・人、6想像力、7才覚・天分、8意志・意図、9精神・風潮、10真髄・本質的意味、11霊魂・死霊・妖精、12化学用語（揮発性蒸留製品の旧称）

パン屋の店名を、このうちのどれかにあてはめて日本語に訳すと、「ビゴ流」「ビゴ風」または「ビゴ気質」とでもなるだろうか。このように「エスプリ」を店名に掲げた商店が、フランスでは一般的なのかどうか知らないが、なんとなく主人の自信、心意気のようなものが伝わってくる。（ドイツにはＥＳＰＲＩＴというカジュアル・ファッションブランドもある）。

さらに「エスプリ」という言葉の語源を調べてみると、「神の息吹き」であり、ここから出発して、神から与えられた能力や内面の状態を表す言葉になっていったと思われる。カ

「エスプリ（Esprit）」の名をもつ店

トリック教義の三位一体のうち、「父と子」の次にくる「聖霊」は「サンテスプリ（Saint Esprit）」の訳語である。

「エスプリ」というとすぐに思い出されるのが、『とさか頭のリケ』である。この物語はペローの昔話の中でも一風変わっていて、他の話には見られない「エスプリ」が主要なテーマになっている。

「エスプリ」の訳語の中でリケに当てはまるのは、知性・才気・機知・天分などだろう。つまりリケは才気あふれた、すばらしく頭のいい王子ということになる。主題の「エスプリ」のほかに、昔話の常識と相入れない人物像の登場がこの物語の特徴である。

民間の口承伝承を素材にして書かれた他の作

品とはちがって、この物語はペロー自身の創作にちがいないといわれ、同時にひじょうにユニークではあっても一番成功しなかった物語であると伝えられている。たしかに、ストーリーがとくにおもしろいわけではなく、なんとなく謎めいたところがあったり結末のおさまりもよくない。そのために、研究材料としてはかえって興味を引き、フランスでは論文などに取り上げられることが多いといわれている。

美しさか知性か

醜い王子

主人公のリケは、まれに見るエスプリの持ち主でありながら、外見はたいへん醜い王子である。なにしろ、背中にはこぶがあって体が曲がり、片足をひきずって歩き、目はやぶにらみ、鼻は大きくて赤いというのだから。

このようなリケの外見は、子どもの読者にはよほどショックだったのか、バーネット夫人（Frances Eliza Hodgson Burnett）の有名な物語『秘密の花園』（野沢佳織訳、西村書店、二〇〇六）にも、ヒロインの少女メアリがはじめてクレイヴン伯父についての話を聞いたとき、このリケを思い出す場面がある。

「背中にこぶのある男の人が結婚できるなんて、思ってもみなかったので、ちょっとおどろいたのです。…中略…まえに読んだことのある、『まき毛のリケ』というフランスのおとぎ話を思い出したのです。背中にこぶのあるみにくい王子と、美しいお姫さまのお話でした。」

リケの枕詞である「houppe《ウプ》（とさか頭・前髪の房）」は、オランダ語の「hoop《ホープ》（山積み）」から出た言葉で、フランス語では「てっぺん」の意味を含む。そこから派生した「huppe《ユプ》」は鳥の頭部の冠羽を指し、形容詞「huppé《ユペ》」になると、話し言葉では「身分の高い、上流の、金持ちの」という意味になる。昔の人が「運がいい」というときに使った「né coiffé《ネ・クワフェ》（羊膜をかぶって生まれた）」と同じく、才能や運に恵まれ、恩寵に包まれている状態を指す。だから、醜さを除けば、リケを表現するのにこれほどふさわしい形容詞はないといえるだろう。具体的なリケのイメージとしては、ひと束の前髪が額の上あたりに突っ立って生えているようすが思い浮かぶ。「とさか頭」の代わりに、「巻き毛」という訳語も多いが、巻き毛だと、なんとなく幼子のかわいらしさを表す言葉のようにも受け取れる。そこで、私は、訳語として「とさか頭」のほうを選んだ。醜さを強調するのにこちらが適切であるかどうかは心許ないのだが。

妖精物語では、ヒロインは美しくて気立てがよく、ヒロインの相手となる男性もまた美しいというのが一般的である。そこから、「美＝善」、「醜＝悪」という公式が成り立ち、前者には、時として「若さ」が、後者には「老い」が付け足されることもまれではない。だから、リケのように、若くて頭はよいのに見栄えの悪い王子というのは、おそらくはじめて現れためずらしい存在だったのではないかと思われる。

愚かな王女

リケの相手となるヒロイン、隣国の王女もまた変わっていて、たいへん美しいのに、頭がからっぽ、いわばリケとは正反対の人物像である。そして、その双子の妹はというと、リケと同じく才気煥発でありながらひどく醜いという、これまでの妖精物語には見られなかったアンバランスな登場人物たちの姿が浮かび上がってくる。つまり、この物語の中心テーマは、「美」や「若さ」ではなく、他の話ではあまり問題とされてこなかった「エスプリ（頭のよさ、才知）」であり、この「エスプリ」を「美しさ」と比較するところに重点が置かれている。それによって、ペローが外見の美しさより、内面のエスプリのほうを高く評価していることがよくわかる。たとえば、次のような箇所を読むと、それがはっきりする。

「二人の王女が大きくなるにつれて、それぞれの長所もきわだち、ほうぼうで姉の美しさと妹の賢さが話題になりました。また、年を重ねるごとに、二人の欠点が大きくなったのもほんとうです。妹は見る見るうちにみっともなくなり、姉は日に日に愚かになっていきました。……若い女性にとって、美しさは大きな利点にちがいありませんが、社交の集まりでは、ほとんどいつも、妹が姉にまさっていました。まずはじめは、みんな美しい姉のそばに行って、その美しさにみとれますが、まもなく、才知あふれる妹のほうに行って、たくさんの楽しい話に耳を傾けます。十五分もたたないうちに、姉の近くにはだれもいなくなり、みんなが妹のまわりに集まるのですから、びっくりさせられます。」

姉の王女は「妹の才知の半分でも自分のものになるなら、美しさを全部与えても惜しくはない」とまで思いつめる。ここには、エスプリの伴わない「美」のむなしさと、たとえ外見は醜くても、内面がすぐれてさえいれば、そのほうがずっとすばらしいのだという価値観が強調されている。

ペローがイソップ童話に自分なりの教訓を付した、恋愛指南書的な著作『ヴェルサイユ宮の迷路』(9章参照)の中の一編『オオカミと彫像』の話にも、同じような考え方が見られる。

「オオカミが彫刻家のところで、美しい影像を見て言いました。『これは美しいけれど、大切なものが足りない。知性と判断力が。』」

「(教訓)恋人の心をしっかりつかまえておくには、美しさとともに知性が必要。」

姉の王女は自分の愚かさを情けなく思い、母の王妃からの叱責にたえかねて、森で一人嘆き悲しんでいた。そこにあらわれたのが、リケ王子だった。リケは、かねてよりこの美しい王女に熱い思いを寄せ、できれば結婚したいと願っていたので、この偶然の出会いを喜び、王女に自分の気持ちを伝える。そして、自分の愚かさを死ぬほど悲しんでいる王女に、次のような言葉をかけて慰める。

「才知がないと思いこんでいらっしゃるのは、才知のあるなによりの証拠です。それに頭がよければよいほど、自分にはまだ足りないと思うのが自然なのです。」

エスプリの足りない王女には、リケの言葉を理解するのはなかなか難しかったにちがいないが、この考え方は、ペローの後に活躍したボーモン夫人の『美女と野獣』の中でふたたび生かされる。エスプリがないことを、何度も嘆く野獣に対して、ベル（美女）は「エスプリがないと思うのは、獣ではない証拠です。愚かな人はけっしてそれを知りません。」といって励ます。

別れ際に、リケは王女に、自分は生まれながらに、一番愛する人にエスプリを与える力を妖精から授かっている、だから自分との結婚を承諾してくれさえすれば、すぐにでもそれを差し上げようといい出し、一年後に自分と結婚することを約束させる。

王女は賢くなりたい一心と、もともと慎重に物事を考える能力もないので、「一年の終わりなど決してくることはないだろう」と考え、一年後の結婚を承諾する。するとそのとたん、それまでの自分とは別人になったように、いいたいことを「信じられないほどたやすく、上手に、のびのびと、自然に」話せるようになった。

愛による変身

結婚を承諾してから、王女はびっくりするほど賢くなって、父王の統治に関しての助言もするようになる。美しい上にエスプリが豊かということになれば、もう鬼に金棒である。諸国の王子たちが競って求婚にやってくる。そこで、次は結婚相手を選ぶのが悩みの種になり、王女はまた、一年前にリケと出会った森へやってきて思案する。はや王女との結婚式の準備を始めているリケに、王女はいう。

「たしかに、もし粗野で頭の悪い男の人が相手でしたら、私はとても困ったにちがいありません。そんな人なら、王女は約束を守るべきだ、約束した以上自分と結婚しなければいけないと言うでしょう。でも、私が今お話ししているのは、この世でいちばん賢い方ですから、きっと私の言いたいことをおわかりくださるはずです。

ご存知のとおり、私がまったく愚かだったときでさえ、あなたと結婚する決心はつきませんでした。あなたから知性を与えていただいたおかげで、人を見る目がきびしくなりました。ですから、あのときでもできなかった決心を、どうして今、することができるでしょうか。どうしても私と結婚したいとお思いでしたら、私から愚かさを取り除いて、今まで見えなかった物事がはっきり見えるようにしてくださったのは、大きな間違いでした。」

このように堂々と、詭弁とも思える台詞をはく王女に対して、リケも負けてはいない。

「あなたがたった今言われたように、賢くない男が、約束を守らなかったと言って、あなたを責めるのが許されるなら、なぜ私が同じようにしてはいけないのでしょうか？　私の人生の幸福がすべてかかっているというのに……賢い人間のほうが、賢くない人より不利な立場に置かれるなんて、道理にかなっているでしょうか？　あれほど才知が欲しいと望まれ、今や、これほど賢いあなたが、そんなことを主張なさるのですか？」

結局リケは、自分の醜さ以外はすべて王女に好感を持たれていることを確認してから、王女もまた一番愛する人を美しくする力を、妖精から授かっていることを教える。そして王女がそれを願ったとたん、リケは世界一の美男子に生まれ変わったのである。

しかし、ペローは結末の魔法的変身を否定して、「愛の力がこんな変化を起こしたのだ、とはっきり言う人々もいる。」と記し、「その人々によると、王女は、恋人の辛抱強さ、思慮深さなど、その心と知性のあらゆる長所をよく考えたので、不格好なからだつきや、醜い顔つきは、もう気にならなくなったということです。」と冷静に、現実的な説明を加えている。そして、教訓にも、「愛すれば、相手のなにもかもが美しく、愛すれば、相手はすべて賢い。」と主張する。このことは、いわゆる魔法や作り話ではなく、愛の力があれば実際に起こりうる真実だともいっている。

昔から「あばたもえくぼ」とか「恋は盲目」とかいわれるように、主観的な愛に伴う錯覚がこれにあたるだろう。つまり、この結末から、愛はエスプリをも超えた、より強い魔法的な力を持っているのだということを強調したかったにちがいない。実際、エスプリにしろ愛にしろ、人間の内面の力に重点を置くこの物語は、哲学的とも心理小説的とも評され、後世のフランス文学の特色を先取りしているといえよう。

だが、これについてベッテルハイム（Bettelheim）は次のように批判する。

「この物語にこめられた教訓は、ペローが書いているように、美というものは、肉体的な見かけにせよ心の美しさにせよ、見るものの目の中にある、ということだ。しかし、そういう教訓を表面に出したために、ペローの物語は昔話になりそこねた。愛はすべてのものを変えはするが、そこには真の発達はない。解決すべき内的な葛藤もなければ、主人公をより高い人間性に目ざめさせる闘いもないのである。」（『昔話の魔力』波多野完治・乾有美子訳、評論社、一九七八）

言葉と会話

この物語の核心にあるのは、リケと愚かな王女、次に賢くなった王女との対話である。これほど延々と、両者が自己主張し、理屈を展開する対話はほかの物語には見られまい。この物語がおもしろくないといわれる理由の一つは、この点にあるのではないかと思われるが、視点を変えれば、ペローが考えていたエスプリの意味を、ここから汲み取ることもできよう。水野尚によれば、作中で扱われているエスプリとは「言葉と会話術、理性に基づいた言葉を使う能力」なのである。(『物語の織物　ペローを読む』彩流社、一九九七)

たしかに、小さいときから「数え切れないくらいのすばらしいことをしゃべる」リケ、「楽しい会話で人々をひきつける」妹王女、「なにを聞かれても答えられず、ばかなことばかり言う」姉王女、そして、この姉はエスプリを身につけると同時に「とても気の利いた、深みのある会話を交わし始める」と記されているのを見るとよくわかるが、会話によって人々と交流するようす、会話次第でひんしゅくを買ったり、または感心されたりするようすが詳しく書かれている。

貴族社会では、理性にかなった言葉を時と場合に応じて使い分ける能力が要求され、そこから古典主義時代の洗練されたフランス語が形成されていった。正しい言葉づかいのみならず、行動の面でも礼儀作法が重んじられていたのはいうまでもない。まわりから好感をもたれるには、理性に従い感情を抑制する態度が大切だった。

十七世紀の代表的なモラリスト文学『カラクテール』（ラ・ブリュイエール著、関根秀雄訳、岩波書店、一九五二）の中には、

「会話の精神《じゃうず》とは、自らそれを発揮することでは決してなく、寧ろ人にそれを発揮させることである。だから、自己と自己の才智とに満足してあなたとの談話を終った者は、心からあなたに満足しているのだ。」

「よく語るだけの才智《エスプリ》を持たず、黙して言はざるだけの判断も持たないことこそ、大いなる悲惨である。それこそあらゆる無作法の根源である。」

という文章を見出すことができる。

同じくラ・ロシュフコー（La Rochefoucauld）の『箴言集』には、会話についての考察が詳しく記されている。（二宮フサ訳、岩波書店、一九八九）

「だれもが他の人の言っていることよりも自分の言いたいことばかり考える。自分が傾聴

して欲しかったら人の話に耳を傾けるべき」だと主張し、「話すときは、自然でわかりやすく、話し相手の気質と傾向に合わせて適宜に真面目なことを言い、自分の言うことに賛同を迫ることなく、強いて返事を求めることさえも慎むべき」「礼節上守るべき条件を満たした上ならば、聞いている人々の意見に支持されたいという気持ちを表しながら、こだわりなく、また意地を張らずに、自分の考えを述べてよい。」と教える。

さらに「自分自身について長々と喋ったり、度々自分を例に引くことは避けなければならない。」「権威ありげに喋ったり、事柄よりも大げさな言葉や表現を用いることは断じてしてはならない。」と戒めている。

同じ時代に、未来の王の帝王教育をまかされ、後にルイ十四世から疎んじられて左遷されたフェヌロン（Fénelon）には、『女子教育論（Traité de l'éducation des filles）』という著書がある。その中の「女の子の数多い欠点についての考察」という章の中の、次のような文に注目したい。ここには、ラ・ロシュフコーも強調した「雄弁な沈黙」と相通じる考えを見ることができる。

「分別があるとは、すべての無駄なおしゃべりをつつしみ、わずかのことばで多くのことを言うところに、その本質があるのです。ところが、大部分の女性たちは、多くのことばでわずかなことしか言いません。かの女たちは、流ちょうにしゃべることや、生き生きとした想像を描くことを、才気だと思っているのです。かの女たちは、自分の思考の間で選択する、ということをしません。自分が説明しなければならないことがらにかんしてそれらを整理する、ということをしません。かの女たちは、自分が話しているほとんどすべてのことに、熱中し、そして、その情熱が多くのことをしゃべらせるのです。けれども、もしかの女たちが、反省し、自分の考えを吟味して、みじかいしかたで説明し、それから沈黙する、ということができるようにならないなら、女性からは、非常に有益なことをなにひとつ期待することができないのです。」（志村鏡一郎訳、明治図書、一九六〇）

この場合の「分別」とは、「Le bon esprit《ル・ボネスプリ》」の訳語である。ここでも「エスプリ」は、言葉を使う能力と話し方に限定されていて、貴族社会の女性たちの学ぶべき事柄がよくわかる。外観の美しさより内面をみがき、理性的な考えに基づく会話力の重視は、この時代の大きな特色ではあるが、時代や身分を超えて、現代の女性にも共通する大切な価値観ではないだろうか。

ペロー昔話に見る「エスプリ」―『グリゼリディス』『サンドリヨン』

さて、ペローのほかのテクストにおける「エスプリ」がどのように使われているかを見ることにしよう。たとえば『グリゼリディス』に現れた「エスプリ」という言葉の使い方は、いわゆる知性や賢さを表現するだけにとどまらず、その本来的な意味、すなわち「神の息吹き」をより強く感じさせる。

大公が初めて出会い、すぐさま恋のとりこになったグリゼリディスについては、「羊飼いの娘がこれほど美しいのは、娘を生き生きさせている軽やかなエスプリの輝きが目に映ったからだと。」

大公に望まれて結婚し、ついに王妃になったグリゼリディスについても、「貴婦人たちに取り巻かれても、動ずるようすもなく、王妃として耳を傾け、王妃として答えます。すべての点でまことに賢く振る舞い、まるで神の恵みが、身体よりも心のほうに、いっそう豊かに注がれたかのようでした。そのエスプリ、生き生きした理性の輝きで、上流社会の流儀をすぐに身につけ……」と表現されている。

どんなに卑しい生まれであろうと、どんなに貧しかろうと、神から公平に与えられるのがエスプリであり、教育によって後から少しずつ身につく種類のものとはちがって、生まれながらにしてそなわっており、たとえ大金をはたいたとしても買うことはできない。もちろん、エスプリがあるからこそ、ますますそれにみがきがかかって、どんな立場になっても凛としていられるのは、グリゼリディスの生き方に見るとおりであろう。

金に飽かせて飾り立てた貴婦人たちの人工的な外見の美しさとちがって、貧しさや身分の低さとは関係なく、内面から自然ににじみ出るエスプリの力は隠しようがない。「神の恵みが心のほうに豊かに注がれているようだ。」と記述されているとおり、グリゼリディスが、その後大公からどんなにひどい仕打ちを受けても、最後まで耐え忍ぶことができたのは、このエスプリ（神の息吹き）の力によるものだったといえるだろう。

グリゼリディスの忍耐と従順の根本には、「神さまは私を導いてくださるためにこうなさり、辛い苦しみがこれほど続くのも、忍耐と信仰をきたえてくださるためにほかならない。」という信念があって、それが力強い支えになっている。

また、大公とグリゼリディスの間に生まれた幼い王女が、母のもとからむりやり引き離されてあずけられたのは、古い修道院の「エスプリ豊かな女性（une dame d'esprit《ユンヌ・ダム・デスプリ》）」のところだが、ここに使われているエスプリという言葉により、単に冷静で知性にあふれた女性という以上に、神の恵みを受けた敬虔な修道女というイメージがふくらむ。そして王女も「日々賢く、聞き分けよく成長していく（la jeune princesse croissait en esprit《ラ・ジュンヌ・プランセス・クロアセ・アン・エスプリ》, en《アン・》 sagesse《サジェス》）」のだが、いわゆる賢さとかおとなしさとは一味ちがって、神の恩寵につつまれているようすが感じられる。

同じようにペローの理想を具現化したヒロインには、たいへんよく知られた「サンドリヨン」がいる。継母や継姉たちから、さんざんいじめられてもなお、じっと耐えて不平一ついわないところは、あまりにもできすぎたグリゼリディスとよく似ている。

サンドリヨンについては、美しさと気立てのよさばかりが強調され、物語本文のなかに「エスプリ」という言葉は使われていない。しかし、この物語の教訓（モラリテ）には、エスプリのかわりに、なによりも大切な価値あるものとして、「気品、品のよさ、感じがいい」などの訳語があてられる「la bonne grâce《ラ・ボンヌ・グラース》」が推奨されている。この「grâce《グラース》」という言葉には、エスプリと同じように「神の恵み」の意味がある。カトリック教では聖母の受胎告知の有名な場面で、聖母マリアが大天使から祝福を受けるときの言葉は、もっとも大事な『天使祝詞』という祈りになっている。この祈りはまず、「恵みあふれるマリア（pleine de grâces《プレヌ・ドゥ・グラース》）」の呼びかけから始まる。

一身にあふれんばかりの「神の息吹き・恩寵」を受けたグリゼリディスもサンドリヨンも、どことなく聖母の面影をほうふつとさせる。聖母の謙遜な態度と神への全信頼は、そのままこの二人のヒロインに投影されているのではないかと考える。

類話

ところで、『とさか頭のリケ』には、いくつか不可解な点がある。

まず、リケとはいったい何者なのか。ある国の王子であり、リケという名がその王家の姓であることは本文に明記されているとおりである。しかし、リケの婚礼準備の場面を見ると、「王女の足もとで、鈍い物音」がしたり、「同時に地面がぱっくり割れて、王女の足もとに、大きな台所のようなもの」が見えたりすると書かれていて、この部分だけ読むと、まるでリケの王国は地面の下にあって、王国に暮らす人々はみな地下の住人であるかのような奇妙な印象を受ける。

マルク・ソリアノ（Marc Soriano）の著書のなかには、リケという名前はアンリケ（Henriquet）の省略ではないかとの説が紹介されている。アンリケとは、ノルマンディ地方の方言で体のゆがんだ、背中にこぶのある人を意味し、この醜く恐ろしげな姿から、人間ではない地獄の住人・悪魔を連想させるといわれたそうである。たしかに、名前に共通性のあるリケも、生まれたときに「これが本当に人間なのかと、みんなにあやしまれたくらいです。」との表現で、その醜さが強調されている。

しかし、妖精の贈り物のおかげで、リケは才知にあふれ、だれからも好かれる貴公子に成長し、外見の醜さを除けば「生まれ、才知、性質、ふるまい方」のいずれを見ても完璧であり、求婚した王女からも、すべて合格点がもらえるほどだった。この点では、リケは貴族の模範を示しているといえるだろう。だが、このリケが、この世のふつうの人間なのか、それとも異界の人物なのか、ペローはまったく触れていない。

ベルナール嬢『とさか頭のリケ』

『妖精物語の周辺（Autour des contes de fée）』の著者ジャンヌ・ロッシュ＝マゾン（Jeanne Roche-Mazon）は、ペローの『昔話集』の一年ほど前に、ベルナール嬢がすでにリケの類話である『とさか頭のリケ』を書いていたことを指摘した。しかし、この二つの作品は、同じ題名ではあっても、筋書きはまったく異なっている。共通点は、結婚によって愚かな女性が才知をもてたこと、リケと地下世界の関連しかない。そのため、互いに影響を与え合ったとかペローが真似をしたなどの問題は少ないと思われる。

ベルナール嬢の作品の主人公リケは、グノームと呼ばれる小さくて醜い地の精の王である。外見が醜いばかりでなく冷酷で非情であり、とくに才知と引き換えに、いやいやながら自分と結婚した妻を憎んでいる。妻のほうは美しいけれどひどく愚かだった。リケから自分と結婚すれば知性を授けるといわれ、賢くなりたい一心で結婚を承諾した。賢くなると恋人もできた。リケとの結婚後ようやく連絡の取れた恋人は、地下の世界にきて住むようになる。それに気がついたリケは、妻が夜だけ知性を持てるようにする。妻は毎晩魔法の草でリケを眠らせて、恋人との密会を楽しんでいたが、とうとう最後にリケに見つかり、愛を交わしていた恋人はリケとそっくりそのままの醜い男に変えられてしまう。ベルナール嬢はノルマンディのルーアン出身なので、アンリケを意識してこの作品を創作したのかもしれないが、恋人と夫が二人ともそっくりで見分けがつかなくなる結末は異様で、ハッピー・エンドからはほど遠い。

レリティエ嬢『リクダン-リクドン』

さらに、ペローの姪のレリティエ嬢も、一七〇六年に『リクダン-リクドン（Ricdin-Ricdon）』という物語を著した。年代的には、ペローよりずっと後になるが、年代の異なるさまざまな物語を集めたアンソロジーの中に入っているので、リケの類話に当たる話が、実際はいつ書かれたのか定かではない。

この物語は、ほんとうは糸紡ぎが嫌いな怠け者の娘が、母親から家を追い出される口実として、大変糸紡ぎが上手だということにされ、それを信じた王子に城へ連れてこられるところから始まる。王妃から大量の繊維を紡ぐようにいわれてこまっていると、一人の男が助けに来てくれる。この男が「リクダン-リクドン」という名の悪魔で、糸紡ぎでもなんでもできるふしぎな棒を貸してくれる。三か月たって、この棒を返すときには、必ず自分の名前を覚えていていわなければならないという。しかし娘はその名前を忘れてしまう。

王子がたまたま狩りの途中で見た廃墟のような城から聞こえてきた歌声を思い出す。

「おれの名前はリクダン-リクドン、この名を使って若い娘を大勢手に入れた。」

三か月後、娘は王子に教えてもらったこの名をいって、悪魔に棒を返す。あてがはずれた悪魔はくやしがり大声で叫んで姿を消す。

三つの作品は、それぞれ異なった筋書きであるにもかかわらず、いくつかの共通点が見られる。

まず最初は人物の名前と題名がよく似ていることだ。ベルナール嬢とペローの作品はどちらも『とさか頭のリケ』であり、レリティエ嬢の場合は「リク」という言葉が二回重なった名前に「リケ」との類似性が見られる。

二つ目は、登場人物がみな、地下世界と関係がある。レリティエ嬢の作品には、実際に地獄の悪魔が出てくるし、ベルナール嬢の物語は地中の精の王さまが主役である。この点に関しては、ペローだけがあいまいで、地面の下で働いているのは、リケの召使いたちにとどまり、リケ王子も同じく地下の住人であるかどうかは明記されていない。

三つ目に、「忘却」のモチーフがある。この点はレリティエ嬢の場合が一番はっきりしていて、不注意にも悪魔と契約を交わしたヒロインが、悪魔の名前を忘れたために、地獄の権力者に引き渡されそうになる。これはグリムの『ルンペルシュティルツヒェン』によく似ているし、日本の昔話『大工と鬼六』(注1)にも共通点を見出すことができる。

ベルナール嬢の物語では、地中の精の王がヒロインに、その恋人の顔を忘れさせるというものだ。つまりリケが自身と妻の恋人をうり二つにしてしまったので、もう夫と恋人のどちらがどちらか区別がつかなくなってしまう。ペローでは、王女が一年後にリケと結婚する約束をすっかり忘れていたという場面がそれにあたる。

だが私は、そればかりでなく、妹の王女が物語の途中で姿を消してしまうところも、忘却のモチーフにふさわしいのではないかと考える。『とさか頭のリケ』は、主要な人物の一人が、途中で忘れ去られる唯一の物語であると、ソリアノも述べているくらいだから。

美しい姉がエスプリを身につけたとたん、妹は「ひどく不愉快な醜い女にしか見えなくなってしまった。」と残酷な表現で、醜さばかりが強調され、表舞台からまったく姿を消し

注1　『大工と鬼六』――とある川には雨が降るとすぐに流されてしまう橋がかかっていた。困った村人たちは相談して1人の名工に新たな橋を頼んだ。大工は流れのはやい川を前にして悩んでいた。するとそのとき、鬼があらわれ、大工の目をくれれば橋をかけてやるという。大工は深く考えずに承諾すると、翌日、みごとな橋が川にかかっていた。鬼は約束通りに目をくれとせまるが、目がなければ仕事ができないといって大工は鬼に泣きつく。鬼は自分の名前をあてることができれば、目はとらないでおこうという。大工が途方に暮れて山奥を歩いていると、歌が聞こえる。「はやく鬼六来ないかな、人の目もってこないかな」と鬼の子どもらしきものが歌っていた。大工はこうして鬼の名前を知ることができ、名前をあてられた鬼は悔しがって水底に沈んでいった。鬼がかけた橋は二度と流されることはなかった、というお話。

てしまう。妹王女については、美人ではないにしてもすばらしい才知の持ち主であり、人々の集まるところでは、さまざまな話題を提供して場を盛り上げる人気者だったと、物語の最初であれほど持ち上げられていただけに、理由なく消されたことに対しては違和感が大きい。

姉王女が美しさとエスプリをあわせ持つ完璧な女性になり、その結果醜い妹王女が忘れ去られたことで終わる物語には、どこか不公平感がつきまとう。実際、「才色兼備」という表現もあるように、すべてを持ち合わせている者がいる一方、なにも持てない者も大勢いる。むしろ持てない者のほうが一般的といえるかもしれない。人生とはこのように不公平なのだということを、物語を通してペローは証明してみせたかったのかもしれない。

だが、読者である私たちは、リケとの結婚によって、姉王女が城を去った後、再び賢い妹王女の出番がくるはずだし、そうあってほしいと願わずにはいられない。そうでなければ、エスプリを美よりすぐれたものとしたペローの最初の意図が十分に伝わらず、中途半端に終わってしまったように思われるからだ。結末のおさまりの悪さは、こんなところに原因があるのではないだろうか。

＊
＊
＊

概して子どもの読者というものは、大人以上に途中で出てこなくなった主要な登場人物について、執拗なくらい、その消息を追及しようとすることが多い。だから、現代の子どもの本の書き手や編集者には、だれが、その後どうなったかを、子どものために最後まできちんと書くことが求められる。このことに関しては、日本の児童書関係者は真摯に対処しているのではないかと思う。私が翻訳をしている書籍で、登場人物の名前がはじめと終わりでちがっていたり、数字がそろっていなかったりすることを指摘されたフランスの原作者が「日本の編集者は細かいところまで実によく見ている」と驚き感心していたことを思い出した。

8 みそっかすの知恵と孤独 ――『親指小僧』

親指小僧とは？

『親指小僧』というタイトルを目にすると、『一寸法師』の物語を思い出す人も多いだろう。しかし、子どものいない夫婦が信心してやっと授かった一寸法師とちがって、親指小僧のほうは七人兄弟の末っ子で、とても望まれて生まれてきたとはいいがたい。なにしろ、たった三歳ちがいの長兄からすぐ上の兄まで、みな年子の双児なのだ。その上自身はひどく体が弱く、一言も口をきかない。「たいへん小さく、生まれたときは親指くらいの大きさでしかなかったので」親指小僧というあだ名をつけられた。おそらく今だったら未熟児で、集中治療室に入っていたにちがいない。そう考えると、この時代の貧乏なきこりの家で、よくぞ七歳まで生き延びたものと驚嘆する。

この子がどのくらい小さいかを示す描写は、この出生時の記述以外はほとんど見られない。ただ、両親が子どもたちを捨てようと相談しているとき、親指小僧は「ベッドの中で聞きつけ、そっと起きだすと、父親の脚立の下にこっそりかくれて、気づかれずに話を聞いた。」と書かれているので、普通の子どもに比べるとけたはずれに小柄であることがわかる。

『親指小僧』と呼ばれるこの子は、体が小さいばかりでなく「家じゅうのいじめられっ子で、なにかにつけて、みんなから悪態をつかれている」かわいそうな子どもだった。

これについては、マルク・ソリアノ（Marc Soriano）が興味深い指摘をしている。手の五本の指を見ると、親指だけが短く、ほかの指から離れている。ぴたりとくっつく四本の指に対して、一本だけ離れた親指の位置が、体の小ささと同時に、家族の中での親指小僧の孤独感やみんなから疎外されている状態を表しているのではないかと見る。

どうしようもない愚かな末っ子と思われていた親指小僧は、実は「兄弟の中でいちばん敏感で、考え深く、口はきかなくても、なんでも聞いていた。」その上、ずばぬけた知恵の持ち主だったのである。この物語には最初から最後まで、親指小僧が持ち前の知恵を駆使していかに難局を切り抜けたかが詳しく書かれていて、親指小僧の知恵物語と名づけてもいいような特色を備えている。

森に捨てられる子どもたち

物語は、飢饉によって子どもたちを育てられなくなった両親が、子どもたちを森に捨てようと相談するところから始まる。両親のひそひそ話を聞きつけた親指小僧は、どうしたらいいか一晩じっくり考えた。そして、朝まだ暗いうちに起きだして、小川のほとりで白い小石をいっぱい拾いポケットにつめた。そして、両親に連れられてみんなで森へ行く途中ずっと、道しるべに小石を落としていき、そのおかげで、両親が姿をくらまして逃げ帰ったあとも、無事に家に帰りつくことができた。だが、さすがの知恵者でも、二度目はうまくいかなかった。

しばらくたって、また食べ物がなくなり、両親は子どもを捨てることに決める。親指小僧は前に成功した手段を再び使うつもりだったが、今回は鍵のかかった戸口から外へ出られず、小石を集めることができなかった。そこで仕方なく、おべんとうにもらったパンをちぎりながら、目印にまいて歩くが、パン屑は鳥についばまれてなくなってしまい、子どもたちはとうとう森をさまよい歩くことになる。

兄弟の立場の逆転

森に捨てられる子どもの話は数多くあるが、中でもよく知られているのは、グリムの『ヘンゼルとグレーテル』ではないだろうか。ヘンゼルも親指小僧も、まったく同じやり方で一度は難を逃れ、二度目は失敗する。

おもしろいのは、森に捨てられた時点で、これまで家じゅうでばかにされていた親指小僧が、俄然リーダーシップを発揮するようになることだ。はじめのときは、両親がいなくなったのがわかって大声で泣き叫ぶ兄さんたちを、しばらく泣かせておいてから、「こわがらないで。父さんと母さんは、ぼくたちをここに置き去りにしたんだ。でも、ぼくがちゃんと家まで連れて帰ってあげるよ。ぼくについておいで。」と自信たっぷりに慰め、みんなを無事に家まで連れて帰る。

二度目は道に迷って、子どもたちはとうとう家に帰れなくなる。そこで親指小僧はなにか見えるかもしれないと思って一本の木に登ってみる。遠くに明かりを見つけると、それをたよりに歩きだし、苦労しながらようやく一軒の家にたどりつく。

「ぼくたち、森で道に迷ったかわいそうな子どもなんです。お情けで、一晩泊めてください。」とみんなを代表して、その家のおかみさんに頼み込む。それが人食い鬼の住処だとわかっても「もし今晩ここから追い出されたら、森のオオカミに食べられてしまうにきまっています。そうだとすれば、ご主人に食べられたほうが、まだましです。おばさんが頼んでくれれば、ご主人も、ぼくたちをかわいそうだと思ってくれるかもしれません。」と理路整然とした話ぶりで、一生懸命頼む。

これがほんとうに、あの口をきかないといわれていた親指小僧なのだろうか。自分からすすんで木に登って、少しでも助かる道はないかと探したり、見知らぬ人に必死で助けを請うたり、その果敢で積極的な行動力には驚くほかない。

この末っ子の弟をばかにしていじめてばかりいた兄さんたちは、もうだれひとり言葉もなく、うちしおれているだけで、弟に頼りきっているようすがよくわかる。つまり、森で迷ってからというもの兄弟の力関係が、今までとは明らかに逆転したのだ。

『ヘンゼルとグレーテル』でも同じように、お菓子の家に住むようになってから、兄妹の立場がすっかり入れ替わる。それまで、兄ヘンゼルの知恵と行動力に頼りきっていた妹のグレーテルは、兄が小屋に閉じ込められ、自分は魔女から家事労働をさせられるようになって以来、なにごとにもしっかりして行動力を発揮し、ついには魔女を殺して、兄を救い出すという大仕事をやってのける。親指小僧もグレーテルも、逆境になってはじめて、これまでとはちがった自分を、いわば自身でも気がつかなかったような成長した姿を見せるのである。

子どもを森へ捨てる行為は、古くからの成人の儀式の一種ではないかと考えられる。子どもが一人で知恵を働かせ、森の危険に立ち向かい、そこから生き延びて無事に家へ帰ってくることで、一人前の大人として認められる。こうした昔の習慣が伝承の語りの中に残され、物語になったとすれば、親指小僧やグレーテルが、森で人食い鬼や魔女に殺されるかもしれない生命の危機に直面してはじめて今までの自分から脱皮して新たな成長を遂げたことを理解できるだろう。

親指小僧の悪知恵

さて、親指小僧と兄さんたちは、帰ってきた人食い鬼に見つけられ、あやうく食べられそうになるが、親切なおかみさんのとりなしのおかげで、なんとかその晩は、人食い鬼の魔手から逃れて寝ることができた。しかし、親指小僧はけっして安心してはいない。夜中に人食い鬼が自分たちを殺しにやってくるにちがいないと考え、同じ寝室に寝ている七人の人食い鬼の娘たちのかぶっている金の冠と、自分たちのぼうしを取り替えて床につく。眠れないままにじっと息をこらしていると、案のじょう、人食い鬼が入ってきて、寝ている子どもたちの頭をさぐり、ぼうしにさわると、それが自分の娘とは思わずに、みな殺しにしてしまう。

親指小僧は、人食い鬼が部屋から出てまた寝にいくとすぐに、兄さんたちを起こして逃げ出す。なんとも血なまぐさい凄惨な場面ではあるが、ここまでは親指小僧の判断力の確かさと、人食い鬼という悪の権化に対する正当防衛と思われる行動を評価することができる。

しかし、この後の親指小僧の行為は、どう解釈すればいいのだろうか。

人食い鬼は、ひとっ飛びで七里進める魔法の長靴をはいて、逃げた親指小僧たちの後を追いかけてくる。だが途中で疲れたために、兄弟の隠れている岩のそばで寝込んでしまった。それを見て、親指小僧はそっと長靴を脱がせ、それを自分ではいて、人食い鬼の家まで取って返し、殺された娘たちのそばで泣いているおかみさんを、嘘偽りの言葉でだますのだ。その巧妙な手口からは、もはや、愚かで口をきかないといわれていた親指小僧の無力さやひ弱さはまったく感じられない。

「ご主人がたいへん危険な目に合っています。泥棒の一味につかまって、金銀を全部よこさなければ殺すぞと脅されました。のどに刃をつきつけられていたとき、ご主人はぼくに気がつき、このことをおかみさんに知らせに行って、全財産を残らずぼくに渡すように言ってくれと頼んだのです。そうでなければ、容赦なく殺されてしまいますから。急がなければならないので、ぼくがすぐに飛んで行けるように、七里の長靴をはいていくようにって。ほら、このとおり。これで、おかみさんも、ぼくのことを嘘つきと思わないでしょう。」

こうして、親指小僧は人のいいおかみさんから全財産をまきあげ、両親の家に持って帰り大喜びされたというのが結末である。だが、仮にもおかみさんは、兄弟たちを夜の森の危険からも、恐ろしい人食い鬼からも守ってくれた恩人である。その人が、わが子がみな殺された不運に嘆き悲しんでいるとき、まるで追い打ちをかけるかのように欺き、今後の支えになるかもしれない財産まで奪うとは！　ふつうの人間の感情からすれば、このような「恩を仇で返す」行為はとうてい許されるものではない。だが、ここには、弱者が詐術や嘘によって強者をだますという民間伝承の特色が見られる。ロバート・ダーントン(Robert Darnton)がその著書のなかで指摘した「馬鹿になるよりは、むしろ悪党を目指せ」という、フランスの民話に多く見られる支配的な考え方がはっきりと表れているともいえよう。(『猫の大虐殺』海保真夫、鷲見洋一訳、岩波書店、一九八六)

たとえ悪知恵やずる賢さを使って人をだましたとしても、弱者がみごとに強者をだしぬいて、物質的富を手に入れる話は、実際にそんなことは不可能だったからこそ、弱者の側にいる民衆は大喜びしたにちがいない。その意味では、『親指小僧』の物語は、『長靴をはいた猫』と同様、民話的特徴の濃い作品といえるだろう。

一寸法師の悪知恵

日本の『一寸法師』の物語にしても、『お伽草子』のなかに掲載されている話は、子どものころ親しんだ絵本や教科書などとはずいぶんちがっていて、この物語にも子捨てと悪知恵が描かれていることに気づく。

私たちが知っている『一寸法師』とは、子どものない夫婦が願を掛けて、ようやく授かったびっくりするほど小さい男の子の物語である。どんなに体が小さくても親は一生懸命育て、この子が十二、三歳になると、修業のために京都へ旅立たせる。このときの一寸法師が針の刀をたずさえ、お椀の舟に箸の櫂をあやつりながら川を行く場面は、絵本や挿絵または童謡でおなじみであり、だれもが知っているだろう。いっぽうで『お伽草子』を見てみると、両親がいつまでたっても大きくならない息子に嫌気がさし、せっかく授かったにもかかわらず、これはひょっとして化け物かもしれないと気味悪く思って、家から追い出したと書かれている。

『日本の昔ばなし』（関敬吾編、岩波書店、一九五七）の中にある埼玉県入間郡で採集された「一寸法師」にも、『お伽草子』と同じく「(両親は)一寸法師と名をつけてかわいがって育てました。だが、いつまでたっても大きくならないので、あるとき、一寸法師を一本の縫い針を刀にしてやって、家を追い出すことにしました。」と書かれている。

さらに『お伽草子』では、物語は次のように展開する。

家を追い出され、口惜しく思った一寸法師は都へ出かけていき、三条の宰相のもとに仕える。

宰相には、美しいお姫さまが一人あった。十六歳になった一寸法師は、このお姫さまに恋いこがれ、結婚したいと望む。そこで計略を練り、あるとき寝ている姫の口のまわりに、米菓子の粉をぬりつけて、自分はからの菓子袋を持って泣いている。泣いている理由を聞かれると、姫が自分のお菓子を食べてしまったからだと嘘をつく。姫の口のまわりにはたしかに米粉がついている。この明らかな証拠を見て、父の宰相と継母は、こんな行儀の悪い娘は家には置けないといって、家から追い出してしまう。

お供についていくようにいわれた一寸法師は、自分の計略がうまくいったことを喜び、姫とともに無人島のような島へ行く。そこへ、鬼が出てきて姫をつかまえようとする。そこで一寸法師は鬼の口へ飛び込み、目から飛び出すという早わざを繰り返し、とうとう鬼を退散させる。そのとき、鬼が残していった宝物の打ち出の小槌のおかげで、一寸法師は背が伸びて、金持ちになり、先祖は貴族であることもわかり、めでたく姫と結婚して、子どもにも恵まれた。」(『日本の昔ばなし』では、お姫さまのほうが一寸法師を好きになり、一寸法師を連れて観音さまへおまいりに行って、鬼に襲われることになっている。)

この物語の主要なテーマは、求婚話と立身出世話にちがいないが、一寸法師を追い出す親と姫を追い出す親の、二組の親による子捨てと、一寸法師の悪知恵による計略達成が同時に描かれている。体が小さく、なんの力もない弱者(一寸法師)が、大きくてすべてに強い者(主人、鬼)を、知恵によって出し抜く昔話の公式が生きていて、『親指小僧』と同じ系列に連なる話として読むことができよう。このような小さい子の昔話はほかにいくつもある。イギリスの伝承に見られる『親指トム』も子のない農夫が魔術師マーリンのおかげでやっと授かった小さい男の子の話であり、グリムの『おやゆび豆助』(植田敏郎訳、新潮社、一九六七)も修業に出かけるときには父親から長い針を剣にしてもらって旅立つ。どちらも子捨てのモチーフはないが、トムも豆助も体は小さくても活発で、悪態をついたりいたずらをしたり、さまざまな冒険のエピソードがつづられている。豆助が体の小ささを利用し、どろぼう一味の手助けをして王さまの倉からお金を盗み出す話には、やはり悪知恵の痛快さが感じられる。

時代の反映

実は『親指小僧』には、もうひとつ別の結末がある。

前述の人食い鬼のおかみさんをだまして、全財産を奪ったというはじめの結末には異を唱える人が多く、その人々は「実際は、親指小僧は七里の長靴を奪っただけだった。それも人食い鬼が小さな子どもたちを追いかけるために、この長靴を使っていたからだ。」と言ってゆずらないのだとペロー昔話には書かれている。では、親指小僧はなにをしたのかというと、この長靴をはいて飛脚の仕事を始め、とくに戦場の情報をまたたくまに持ち帰ることで、王さまにたいへん重宝がられた。ご褒美にお金をたくさんいただけたので、親兄弟が安泰に暮らせるようになった、つまり親指小僧は人をだましてお金を奪ったのではなく、ちゃんと働いて、正当な賃金を得たのだと記されている。

いったい、こうしたことを言い張る人々とはだれなのか、なぜ親指小僧の非道徳的な行為は作り話だと主張し、これほど親指小僧をかばわなければならないのか。それは、ペローと同じ上流階層に生き、ペローの作品の読者でもある貴族社会の人々ではないだろうか。彼らには、守らなければならない道徳的基準があり、それから外れた行為をする者は容認しがたい。民衆とは異なる倫理観を持った貴族からすると、もうひとつの結末がなければ、親指小僧の物語を子女たちに読ませるわけにはいかなかったにちがいない。

このように、上流階層の視点と庶民階層の視点の双方からなる結末を持ったペローの『親指小僧』は、ほかの多くの類話と比べるとユニークな特徴を備えた作品であることがわかる。

ペローの昔話の特色は、すでに述べてきたように、物語の中に十七世紀の現実を反映することにあるが、『親指小僧』も例外ではない。

冒頭に出てくる飢饉は、当時のフランスでは度々起こる現象であったが、一六九三、九四、九五年と相次いだ飢饉は、全土に悲惨な状況を生み出したといわれている。凶作・不作になると、早ければその年の暮れか翌年の正月、春先までには備蓄が底をつく。そこで、飢饉に連動して、食糧がなくて育てられなくなったために、親が子どもを捨てる行為、すなわち子捨てが行われるようになった。

「ヨーロッパでは、なんらかの理由で子どもを育てられない人が、子どもを捨てる風習が古くからありました。これには、キリスト教の影響もあったと思われますが、堕胎や中絶あるいは子殺しなどをするのではなく、産んでから捨てるということが奨励されていたようです。」と森義信は記している。（『メルヘンの深層』講談社、一九九五）

だから、『親指小僧』に書かれた飢饉と子捨ての話は、当時の民衆は、まるで日々の出来事をなぞるような感覚でとらえたにちがいない。一方、こうしたことに縁のない貴族たちは、別世界のめずらしい出来事として受け取ったのではないだろうか。

二つ目の結末に示された飛脚という仕事も、七里の長靴は昔話の中にしかありえないものだとしても、おそらくは実際に存在した。親指小僧は、戦場へ手紙を運んだり、軍隊の様子を知らせたりして活躍したと書かれているとおり、ルイ十四世は戦争好きの王さまとして有名で、その治世下では、数多くの戦争があった事実はよく知られている。この物語に書かれた戦争とは、どの戦争のことか、当時の読者、とくに夫や恋人、近親者が戦争に駆り出されている女性たちならすぐにわかったはずである。

物語の中の人生訓

飢饉、子捨て、戦争といった歴史的事実を取り入れると同時に、『親指小僧』には、いつの時代にも通用する人間の普遍の心理や、鋭い風刺・皮肉・揶揄《やゆ》などが、ところどころに挿入されていて興味深く読むことができる。

まず、きこりの夫婦が子どもを捨てることにしたとき、家がどんなに貧乏で子どもを育てるのが難しいかを話して聞かせる夫に対して、妻は頭ではわかっても、なかなか同意することができない。「おかみさんは、子どもたちの母親なのですから。」

どちらかといえば、現実を見極めて手早く行動しようとする父親に対して、母親は、無条件に子どもがかわいいので、簡単に手放すことはできない。父親と母親のちがいが、この一言で浮き彫りにされる。それでも、母親は飢え死にする子どもを見るよりはましと思って、泣きながら子どもを捨てる決心をする。日本だったら、さしずめ親子心中という事態になるところだろう。

子どもたちを森に置き去りにした後、領主がお金を返してくれたので、お腹がすいてたまらなかった夫婦は「二人分の晩御飯に必要な量の三倍もの肉を買ってきました。」

これについて、新倉朗子は「飢えに苦しむ貧しい者への同情というよりは、無知、無策をやゆする皮肉な目である。」と解説する。(『完訳 ペロー童話集』岩波書店、一九八二)

このような無計画で判断力の乏しい行動によって、貧乏人はますます貧しくなるのだと、ペローは考えていたにちがいない。その考えは、『愚かな願いごと』(『ペロー昔話・寓話集』西村書店、二〇〇八)の末尾の言葉とも連動する。

「ひどく貧しい人、判断力のない人、軽率な人、落ち着きのない人、移り気な人、こんな人びとは、願いごとをするのに向いていないというのは本当です。こんな人びとの中で、天が授ける贈り物をうまく使える人は、ほとんどおりません。」

『親指小僧』でも、買いすぎたたくさんの肉を前にすると、妻はまた愚痴を言いはじめ、同じ泣き言をしつこく繰り返して夫を責め立てるので、とうとう夫は怒りだす。

「男というものは、正しいことを言う女を、たいへん気に入ってはいても、いつも正しいことを言い張る女は、ひどくわずらわしく思うものです。」

当時の女性批判の考え方を逆転させて、男性の本心と身勝手さを突いている。

次に母親の偏愛に注目しよう。捨てられた子どもたちが森から無事に戻ってきた初めのとき、母親は大喜びでみんなを抱きしめるが、とくにお気に入りの長男のピエロには、格別の注意をはらう。「おや、ピエロ、泥だらけじゃないか。こっちへおいで、きれいにしてあげるから。」

一般に母親はどの子に対しても、等しく愛情を注ぐものだが、子どもが大勢いれば、中で特別に愛される子とそうでない子がいて、すべての子どもがまったく公平に扱われるわけではない。それは、いつの時代にもどこの国にも起こりうることである。とくに、長子相続の時代は、女の子よりも男の子が望まれ、とりわけ長男は特別な存在だった。「母親は自分の愛情も誇りも、財産の、そして両親が貴族の場合は称号の、単独の相続人である長男だけに注ぐのである。社会のどの階級においても、後嗣《あとつぎ》は、家族からきわめて特権的な扱いを受けた。」（『母性という神話』E・バダンテール著、鈴木晶訳、筑摩書房、一九九一）

『親指小僧』の場合は、貧しくて相続させる財産もなく、まして長男とはいっても、双子の片割れにすぎないのに、母親にえこひいきされるのは、「ちょっと髪の毛が赤く、おかみさんも赤毛だったから」である。ペローの考えでは、自分に似たものを偏愛するのは人間の常だということだろう。『妖精たち』にも、「人は当然自分に似ているほうを好むものですから」と記されている。

昔話には、継母が自分とは血のつながりのない、つまり似ていない継子を虐待する話は多いが、実の親が、ある子どもをとくに可愛がり、その理由を正当化するモチーフはめずらしい例だと思われる。しかし、実際には、自分と似ていないもの、自分に足りないところを埋め合わせてくれるような子を好む場合も多い。ここではペローはある効果をねらったのではないか、と石澤小枝子は次のように書いている。

「つまりプチ・プセ（注 親指小僧）は、最善を尽くして兄達を家へ連れ帰ったにもかかわらず、母親は毛髪の色の類似などという理不尽な、しかし本能的な理由で長男を迎え、プセはかえりみられなかったわけである。ここに主人公の孤立的な状況が鮮明に浮かび上る。口碑の昔話に材をとりながら、文学的修辞をほどこして再創造した例のひとつとみていい。」

（『フランス児童文学の研究』―「『親指小僧』末子の機敏のモチーフ」久山社、一九九一）

現代児童文学の『青い髪のミステール』は昔話を基にしたパロディだが、冒頭で、自分に似たものを好むというペローの考え方が強調されている。

男の子を待ちのぞんでいた王とお妃のところに、最初に生まれたのは女の子。二人はがっかりするが、その子はお妃と同じ金髪で、お妃そっくりの大きな鼻をしていたのでかわいがられる。次も女の子で、この子は王と同じ赤毛、三番目の女の子は、お妃の母親と同じ茶色の毛であるために、一応認められる。ところが四番目の女の子は、だれにも似ていないし、やっと生えてきた髪の色が青いために〝ミステール〟(ふしぎ姫)と名付けられ、虐待されるのだ。

きこりの夫婦ばかりでなく、人食い鬼の夫婦についての記述もあげてみよう。

親指小僧の嘘にだまされたおかみさんは、夫の命を救うために、すぐに全財産を差し出すが、それは「この人食い鬼は小さな子どもを食べはしても、とてもいい夫でもあったから」なのだ。おかみさんは人食い鬼から、「おまえだって食っちまうこともできるんだ。もちろん、そんな老いぼれの肉なんか食ったって、おいしくもないがな。」などとさんざん脅かされたり、悪態をつかれたりもしているのだが。

フランス民話に出てくる人食い鬼は、空想上の生き物というより、すぐ身近の実在の人物の投影であるといわれている。領主など権力者・為政者をはじめ、村落共同体からはずれたよそ者や犯罪者などを指すこともあったようだが、中には財産をたくさん持って裕福な生活をしている者もいた。子どもを捨てなければならないほど貧乏なきこりの一家とは対照的で、どんな飢饉になろうとびくともせず、大量の肉をみんなに食べさせ、山のような財をなして、家族が困らないようにしてくれる人食い鬼は、妻から見れば「いい夫」だったのだろう。

この人食い鬼の持ち物である長靴については、魔法の品であるにもかかわらず、いかにもペローらしく、論理的な説明をつけている。「だいたい七里の長靴をはくと、とても疲れるのです。」（だから、人食い鬼は途中で眠ってしまう。）「はく人の足にあわせて大きくも小さくもなるのです。」（だから、だぶだぶで大きすぎるように見えても、親指小僧の足にぴったりになる。）というぐあいに、蛇足とも思える説明文に理由が内包されている。

しかし、長靴についてこれほど周到に理屈をつけているにもかかわらず、兄さんたちが家に帰る場面にはなんの説明もないのが、いささか腑に落ちない。親指小僧に「自分のことは心配しないでいいから、急いで家に帰るように」といわれると、「兄さんたちはいわれたとおりに、家へもどりました。」とある。前日、さんざん迷って出られなかった森から、今度は少しも迷わずさっさと家まで帰り着くのだ。いったい、どうやって親の家のすぐそばまでたどりつく道を見つけることができたのか。昼になったので、道が見分けられたのか、それともまったくの偶然だったのか、いくら考えても不可解なところである。

夫と恋人

第二の結末には、親指小僧が飛脚として活躍するようになったとき、「多くの貴婦人たちが、戦地の恋人のようすが知りたくて」たくさんの報酬を払ってくれる一方、夫への手紙を言付ける女たちは、支払いが悪くてあてにできなかったと記されている。

夫よりも恋人を大切に思う女性への皮肉と揶揄は、当時の貴族社会の結婚制度を見ればわかりやすいだろう。貴族の子女は、すべて親の決めた相手と結婚しなければならず、同じ身分のものであること、持参金があることなどがきびしくきめられていて、愛情が入り込む余地は全然なかった。先述のバダンテールは「服従を最高の美徳とする階級社会の維持にとって、親の権力はきわめて重大であり、どんなことがあっても守られねばならなかったのだ。これほどの社会の圧力があったため、その他いっさいの感情がわりこむすきがなかった。」といい、さらに「夫と妻は、偶然や必要からいっしょになったとはいわないまでも、愛人ではなく友人どうしでなくてはならない。」と愛不在の夫婦の在り方を解説している。だから、女性が結婚後に愛に目覚め、恋人ができる場合も多かったと思われる。
こうした事情は、十七世紀のモラリストとして名高いラ・ブリュイエール（Jean de la Bruyère）が『女について』の考察の中で「かくれた色恋《ガラントリイ》なんて殆どありはしない。多くの女たちは、その夫の名によってよりも、その情夫の名によって呼ぶ方が、わかりが早い。」と述べている。（『カラクテール』関根秀雄訳、岩波書店、一九五二）
また、ラ・ロシュフコー（La Rochefoucauld）は『箴言集』の中で「その真価が美貌より長持ちする女はめったにいない。」「色事と全くかかわったことのない女は見出せるが、一度しか色事を持たなかった女はめったに見つからない。」などと記していて、当時の女性観察の一端が感じられる。（二宮フサ訳、岩波書店、一九八九）
『親指小僧』の中に挿入された、人間の生き方についての観察や、人間の本性への反省を促す文章には、モラリストと呼ばれたこれら文学者たちとの共通点や影響が見られる。ペロー自身、物語の末尾にかならず「教訓（モラリテ）」を付していることから考えても、モラリストとしての視点も持って、昔話を再創造したといえるのではないだろうか。
『親指小僧』では、肝心の教訓よりも、物語の中にさりげなく入れられた文章のほうに、ペローの思想がきわだっている。

類話

ミシェル・トゥルニエ『親指小僧の家出』

この『親指小僧』を下敷きにして、『親指小僧の家出』（『親指小僧の冒険―七つの物語』所収、石田明夫訳、パロル舎、一九九六）というタイトルの新しい文学作品を再創造したのは、現代作家ミシェル・トゥルニエ（Michel Tournier）である。

ちびのピエールの父親は、プーセ（親指）というきこりの隊長だ。パリの森の樹木を片っ端から切って、高速道路や高層ビルを建設するのに貢献したので、市議会から感謝状をもらい、いよいよ自分たちもあこがれの高層住宅の一室に住んで、文明の利器を備えた生活を始めることになる。高度の文化的生活に有頂天のプーセ隊長とちがって、息子のピエールは自然にあふれた森で暮らしたいと願い、ある日家出して、森の奥へと向かう。

ピエールのたどりついた森には、ローグル（人食い鬼）一家が住んでいて、七人の娘たちに出会って、家に誘われ、一晩泊めてもらう。父親のローグルは温和な菜食主義者で、森の守り神のような存在である。そして、樹木についての自分の哲学をピエールに話して聞かせる。かつて樹木に囲まれた森は楽園だったこと、人間はそこから追放されて以来、不幸になったこと、人間が成長するには、木が根を張るように、しっかりと大地に足をつけなければならないこと、などなど。

しかし、翌日ローグルは、麻薬の密売と常習、それに未成年者誘拐の罪の容疑で、警察に逮捕されてしまう。警察と一緒にやってきたプーセ隊長は息子を見つけ、家に連れて帰る。

ピエールは、逮捕直前にローグルから形見としてもらった長靴を、いわれたとおりにたったひとりで、自分の部屋に鍵をかけてはいてみる。すると、夢の中ですばらしい樹木の国へ行くことができて、この上もない幸福感でいっぱいになるのだ。

新寓話派といわれるトゥルニエには、現代文明への批判をこめた初期の代表作（『フライデーあるいは太平洋の冥界』〈榊原晃三訳、岩波書店、一九八二〉）があるが、この物語もまた、高度の科学や文明に到達した人間が自然をおろそかにし、その恵みを忘れるようになったことへの警告の書とも受け取れる。

「(人間が落ちてしまった)動物界とはどんなところか。狩猟と暴力と殺人と恐怖。反対に植物界は、大地と太陽の融合のなかで営まれる静かな静かな成長なんだ。そのために、どんな英知だって樹木の瞑想にしか拠りどころを求めることはできないんだ。」「木、なによりもそれは、空中に伸びる枝と地中にもぐる根っことのあいだでとられる一種のバランスなんだ。この単なる力学的なバランスということだけをとってても哲学がひとつそっくり含まれているよ。」「木は風と太陽と切っても切れない関係なんだ。木は、風と太陽っていう、その宇宙のふたつの乳房から、直接命を吸い取っているんだから。」などのローグルの言葉に、トゥルニエの哲学がこめられている。

結局、現代文明の犠牲となって、その担い手たちに捕まえられてしまう森の守護神ローグルは、どこかキリストの逮捕と受難をほうふつとさせ、この作品に一層の深みを与えている。

ピエールのような現代っ子が、夢の中でしか、それもローグルの魔法の長靴をはいたときだけしか樹木の国へは行けず、木＝自然との融合が不可能だとしたらとても淋しい気持ちになる。同時にこの現代社会では、人と自然の関係があまりにも変わってしまったことを改めて痛感する。この物語の中でもピエールのような少数派は、家族とはまったく別の価値観を持って、孤立して暮らさなければならないのだ。

ピエール・グリパリ『親指小僧』

ピエール・グリパリもまた、『昔話のパトロール（"Patrouille du conte"）』（L'Age d'homme, 1983）のなかに、『親指小僧』のパロディ（"Le petit Poucet"）を書いている。

飢饉で食糧がなくなると、きこりの妻は「子どもを捨てよう」といい、夫は「子どもを食べよう」という。夫のいい分は、自分たちがこんなに貧しいのは、村の領主が借りたお金を返してくれないからで、子どもを食べるのは、封建制反対の意思表示なのだ、と。

これを聞きつけた子どもたちは、森へ逃げ出す。森の人食い鬼を怖がる兄たちに、親指小僧は「人食い鬼はダイエット中だから、今はもう子どもを食べないよ」と教えてやる。

子どもたちが人食い鬼の家を訪れると、鬼の姿はない。おかみさんがいうには、一匹のネコがやってきて、人食い鬼にある計画を持ちかけたのだ。まず人食い鬼に村の領主を食べさせ、その城を焼く。その間にネコの主人のカラバ侯爵が国王を殺して、人民に新憲法を与えるというのがネコの計略だ。しかし人食い鬼がこの計画を断ったので、怒ったネコは人食い鬼をうまくおだてて、ネズミに変身させ、食べてしまうと、七里の長靴を盗んで逃げ出した。

人食い鬼のおかみさんが台所から出てみると、夫もネコも長靴も全部消えてなくなっているので、たいへん驚く。この話を聞いた親指小僧は人食い鬼が死んだことを確信し、復讐を誓う。まず、自分たち兄弟が人食い鬼の娘たちと結婚し、その報告に家に帰る。そして、嫁たちに両親を食べさせてしまった。

そこへやってきたのが、人食い鬼の家で噂を聞いたあの長靴をはいたネコだ。ネコはまた、領主と国王の殺害計画を持ちかけ、「もしいやだと言えば、みんなひき肉みたいに切り刻んでしまうぞ」と脅す。すると親指小僧は、「その長靴は、私の妻たちが相続するものだ。私がそれをはいて飛脚になるんだ」といって、妻たちにネコを食べさせる。

翌日、みんなは領主のところへお金を返してもらいに行くが、領主がしらばっくれてらちが明かないので、妻たちが領主を食べてしまい、領地をみんなで分け合うことにした。

次の日から長靴をはいた親指小僧が、王国じゅうをまわって人民をけしかけたので反乱・暴動・虐殺があちこちで頻発する。これを知った国王は、緊急に議会を招集して、貴族の特権廃止などをもりこんだ民主的憲法を採択する。このときの議長がカラバ侯爵で、彼は国王を暗殺し王制から共和制に変えた。そして、すべての反対意見を封じるために、共和国大統領になって、これまでの十倍もの権力を獲得した。

親指小僧、兄たち、妻たちは、大統領府に行って大統領に面会を申し込む。「長靴をはいたネコの代わりにきた」というと、カラバ大統領は喜んで会ってくれたが、妻たちがいきなり大統領を食べてしまう。そこで親指小僧がカラバ大統領の服を着て（長靴と同様、着る人によって大きくも小さくもなる）次の大統領になり、兄たちも重要な地位に就いた。半年後、兄たちが親指小僧に対して謀反を起こしたので、それぞれの妻が夫を食べ、さらに半年後に、その妻たちが裏切りを犯したので、親指小僧の妻が一人で六人の姉を食べてしまう。親指大統領には、後継の息子も生まれ、安泰に暮らしてはいるが、夜になると、妻の隣に寝るのが少しこわかった。妻は彼を愛し、食べるなどとは夢にも思っていないのだが、でも、いつの日か……これは親指小僧の悪夢である。

これは、『親指小僧』と『長靴をはいた猫』をたくみに取り合わせたブラック・ユーモアともいえる作品である。随所に、貴族や権力者への憎悪や反抗が描かれ、次々と反対する者を殺害していく筋書きは、フランス大革命を思わせる。また、まわりの者を心から信じることのできない権力者・為政者の孤立した姿も垣間見られる。

ペローの『親指小僧』も、そのパロディであるグリパリの作品も、知恵による立身出世が主題ではあっても、主人公には孤独の影がつきまとう。たとえ持ち前の知恵を存分に使って目的を達成しても、孤独から逃れることができないのが、手の五本の指の位置と同じく『親指小僧』の宿命といえるのかもしれない。

＊＊＊

『親指小僧』のように、森が重要な舞台となっている物語を読むと、パリでいつも泊めてもらうフランス人の友人の家が頭に浮かぶ。そこはパリの中心から電車で三十分ほどの、ヴェルサイユ宮殿にも近い閑静な住宅地だ。「小さい森」という通りの名前が示しているように、家は森の入り口にあり目の前にうっそうとした森が広がっている。滞在中は、森の中の散策を楽しむ。若葉の芽ぶく春、みずみずしい緑におおわれた夏、木の葉がレモン色に染まる秋、枯葉を踏みしめる音だけが聞こえる冬。四季折々に忘れがたい思い出がある。

森ではいろいろな生き物に出会う。たくさんの鳥が飛びかい、透明なさえずりがあちこちでひびく。いつだったか初めてハリネズミを見た。坂道を丸まってころがっていく姿に、フランスの絵本にハリネズミがよく登場する理由がわかったような気がした。

森はその静けさや澄んだ空気で人々の心身を癒す空間である一方、妖精や魔女、人食い鬼の住む異界として恐れられてきた。そこから多くの伝承や物語が生まれたのもふしぎではない。ヨーロッパの森は、人家のすぐそばの平地に広がっているので、人間が常に木を切り土地を守っていないと森の強い繁殖力に攻められ、飲みこまれてしまう。昔から森があるかぎり、人々はたゆまぬ努力が不可欠だといわれてきた。しかし、私のような、たまに滞在する旅行者にとって、森は魅力に満ちあふれている。夜になると暗く沈んだ森とは反対側の窓から、遠くエッフェル塔の頂きにまたたく明かりが見えて、都会と森がこんなにも近いことに改めて気づく。ふだん都市で働く人々もこうして自然に抱かれ、自然とともに生きる豊かな日々をすごしていることを思うと、羨しい気持ちでいっぱいになる。

9 恋人たちの迷い道 ——『ヴェルサイユ宮の迷路』

詩と泉のある迷路

ヴェルサイユ宮殿の庭園の一隅に、その昔、迷路があった。ペローはイソップの寓話をもとに一六七五年『ヴェルサイユ宮の迷路』（『ペロー昔話・寓話集』所収、末松氷海子訳、西村書店、二〇〇八）という本を書き、その冒頭にこう記している。

「すばらしく快適なヴェルサイユ宮を形作っている、ほとんど無限ともいえる美しさの一つが迷路です。まず最初にぱっと目を引くものではないでしょうが、よく考えてみると、ほかのどんなものより、魅力と楽しさにあふれています。」

J・C・ル＝ギユー（Jean Claude Le Guillou）によれば、迷路は「密に植え込んだ生垣で造られており、その表面は迷路の壁になるように、きちんと刈り込まれていました。迷路の入り口はひとつで、出口はふたつありました。迷路はいくつもの小道が複雑に入り組んでいるので、入った人はどうしても迷ってしまって、どこまで行ってもなかなか出口にたどり着けませんでした。」（『ヴェルサイユ宮—華麗なる宮殿の歴史』飯田喜四郎訳、西村書店、一九九二）

一六七二年から七三年の間に、この迷路には、「それぞれの小道のつきあたりと、道の交差するあたりには、いたるところにいくつも泉があり、ある場所には少なくとも三つか四つ、時にはいっぺんに六つか七つ」合計三十九の泉が作られ、細やかなロカイユや珍しい貝殻でできた水盤はそれぞれ、イソップ寓話のテーマを表した動物の彫像で飾られていた。このような迷路はペローのアイデアで作られたといわれている。上層階級社会で生きていくための必要な教育の一環とも考えられた。

当時のもっとも腕のいい彫刻師・装飾職人たちが工夫を凝らして制作し、「これらの動物は、生きているかのように上手につくられていて、いまにも動き出しそうに見える」くらい、大きさといい色合いといい、実物そのもので、十七世紀の動物彫刻芸術を代表するすぐれた作品になった。当初は自然な色合いで彩色されていたようだが、現在は、ほんのわ

ヴェルサイユ宮の迷路と寓話の場面を表現した図（『ヴェルサイユ宮』J. C. ル＝ギユー著、飯田喜四郎訳、1992／"VERSAILLES—histoire du chateau des rois", texte et illustrations de Jean Claude Le Guillou© Editions des Deux Coqs d'or, 1990）

ずかな鉛の彫像が残っているだけである。

これらの動物像の足元には、それぞれイソップ寓話の要約が、四行詩の形式で、青銅の掲示板に彫ってあった。その四行詩を書いたのはバンスラード（Benserade）という老詩人で、彼は簡潔で巧妙な言葉を使って、寓話の要点をわかりやすく述べた。当時官僚として、コルベールのもとで働いていたペローもまた、学生のころから詩を書き始めた。詩と演劇は、この時代もっとも高く評価される代表的芸術だったから、ずっと書き続けてきたペローの詩は社交界の集まりで人気を集めた。だから、本来ならば自らがこの四行詩を書くことを望んでいたのではないかとも推測される。だが公的な命を受けてこの仕事にたずさわった有名詩人とおおっぴらに競争することはむずかしいと思ったのだろう。

そこでペローは、まったく別の斬新な方法を考え出した。それはイソップの寓話を男女の恋愛を中心にして読み取ること、そして楽しみと教育が両立する実際の迷路を、恋愛に思い悩む男女の心の葛藤と一体化させた異色の作品を創造することだった。こうして出来上がったのが『ヴェルサイユ宮の迷路』の物語であり、その前書きには、次のような記述が見られる。

「そこに見られる寓話は、たくさんの話の中からとくにえりすぐったわけではありませんが（というのは、泉の飾りにふさわしいより特徴のあるものを使い、それは信じがたいほどうまくとけ合っています）、それによって寓話はみな、ある種の恋愛道徳を含んでいることがわかりました。この思いがけないふしぎさが、甘美なこの場所のたとえようもない魅力と楽しさに結びつき、約束された以上に大きくなって、ある人びとに、ここには愛の神その人がまぎれこんでいるにちがいないと言わせるほどでした。」

アポロンとクピド

本話の中でペロー自身を投影したかのような愛の神クピド（キューピッド）が、太陽王ルイ十四世を思わせるアポロンの神とヴェルサイユ宮の庭園で出会い、このときアポロンから、この迷路で好きなように行動してよいという許しを得る。ここでのいきさつを語る文章には、同じ神話の中の神々でありながら、なんとなくアポロンへの追従かへつらい、または主従関係が感じられて不自然に思われる。しかし十七世紀の文学者の立場からすれば、これは当然なことといえるだろう。

ペローは宮廷の役人として確かな地位と報酬を保障されて以来、文学者としての才能にますますみがきをかけるようになった。しかし、この時代ペンで身を立て、成功するには、なによりもまず王に気に入られることが不可欠だった。王が気に入るような作品といえば、王とその治世を称えるものであり、文学者はそうした作品を書かなければならなかった。少しでも王権への批判を感じさせるような作品は容赦なく切り捨てられるばかりか、王の不興を買って自身の地位や名誉も危うくなった。だから、王のために書くことは、ある種の従順さが必要だった。ペロー自身も、宮廷で文学者として生きるからには、王からの要求はなんでも受け入れなければならないことをよく知っていたはずだ。王は年金や補助金を与えるのと引き換えに、文学作品の検閲や許可を自在に行っていた。こういった背景をふまえると、心からアポロンを称えながら、何事もその許しを得て行動する愛の神の姿を理解できるにちがいない。

庭園には、迷路以外にもペローが考え出したグロット（洞窟）がある。それは海に沈んだ太陽が夕方になると休息する、ギリシャ神話に見られる海中の洞窟を思わせるようなものだった。

ヴェルサイユ宮は、君主であると同時に太陽でもあるルイ十四世の「太陽の宮殿」だったから、改造された庭園のあちこちに、古代ギリシャの太陽神アポロンの物語になぞらえて作られた噴水や彫刻が置かれていたのもふしぎではない。

❖ 恋愛の手引き書

「（イソップ寓話の）奥には、恋人たちがどのようにふるまえばいいか、道徳の基準がつつみ隠されているのです。いわば、これらの泉のさまざまな飾りのおかげで、迷った恋人たちが迷路の出口を見つけることができるように。また、この寓話に含まれている私の道徳基準が、恋人たちが毎日のように直面する、かぎりない困難から抜け出すのに役立つように。」と、ペローは願った。

そして、幸いにもアポロンはこの寓話と教訓がたいへん気に入って、できるかぎり早くそれらを活用しようと約束してくれた。そして寓話の作者としてのイソップ、教訓の書き手としての愛の神、すなわち「醜男のイソップと美しい少年の愛の神」の彫像を迷路の入口に置かせたことが述べられている。

その彫像に見られるとおり、イソップと愛の神の両者が一体となって生まれた三十八編の非常に短い物語は、まさにペロー（愛の神）が「これが、私が選んだ寓話と、それに私が付け加えた教訓です。」と宣言したとおり、愛の迷路をさまよう恋人たちへの恋愛指南書になっている。

同じ時代に、ラ・フォンテーヌは、やはりイソップの寓話を土台にして、人間観察・人間批判をこめた詩の形式からなる『寓話』(今野一雄訳、岩波書店、一九九〇)を書いている。ペローがその作品を褒めたと伝えられ、迷路づくりにも影響を与えたと思われる。しかし、現在まで大変よく知られたこのラ・フォンテーヌの著書に比べると、ペローの作品はまったく異質だった。当時は貴族社会の単なる気晴らしの読み物にすぎず、それほど高い評価を得たものではなかったようだが、今日では別の見方、つまり『昔話集』に先立つ、いわば下書きとして見ることも可能ではないかとマルク・ソリアノ(Marc Soriano)は指摘している。たしかに『昔話集』を特徴づけるのは、それぞれの物語の末尾に付けられた「教訓(モラリテ)」であり、その中には時代や人間を見る冷静で批判的な目が感じられるが、恋愛指南本の教訓もまた意味深長であり、それによって、時代の特色やペロー独自の考え方を知ることができる。

実はペローに先立つ十二、三世紀ごろに、西洋では『動物寓話集(Bestiaire)』が普及し、多くの異なった言語で書かれた写本が現存している。それぞれ動物を中心に、五十編ほどの短い話で構成され、動物の行動や習性からキリスト教的寓意や道徳的教訓を読み取らせることが目的だった。動物を主役にした短い話は都市の住民向けの説教の素材に使われ、とても人気があったという。さらに十三世紀の中ごろには、リシャール・ド・フルニヴァル（Richard de Fournival）という司祭が『動物寓話集』のパロディとして、『愛の動物寓話集（Bestiaire d'amour）』を書いた。男女の恋愛の段階や状況を動物の行動と関連させ、洗練された世俗的読み物と評判になったこの本は、ペローの意図に近いと思われる。

恋愛のためのお話と教訓

第一話の『ミミズクと鳥たち』は、嫌な鳴き声とみっともない羽のせいで、すべての鳥たちから叩きのめされ、それ以来夜しか姿を現さなくなったかわいそうなミミズクの話だ。どことなく宮沢賢治の『よだかの星』をほうふつとさせるのだが、ペローの解釈によると、思慮深く、清潔でおだやかな男を見つけると、どんな女も、まるでミミズクにおそいかかる鳥たちのように飛びつき、つつきまわすのだ、ということになる。

ここでのミミズクはけっしてみにくい嫌われ者ではなく、むしろ女たちの欲望をそそる魅力的な存在になっている。女ならだれでも、こういう品行方正で欠点のない男性を独占したいと夢中になって、そのためには手段を選ばず行動に走るということだろうか。そんな女たちに恐れをなして、男はまるでミミズクのように身を隠し、めったに姿を見せなくなった。

この第一話の教訓ですでにわかるように、寓話全体を読んでみると、女性は攻撃的で、情け容赦のない、どう猛な鳥や獣になぞらえられることが多く、そんな女性とかかわりあった男性はくれぐれも気をつけるようにと警告される場面が少なくない。

第五話と第二十五話は、人をだますのが上手な猛々しいネコの話で、どちらも当然ながら、抜け目のない女性をあらわしている。第五話『逆さまにぶらさがったネコとネズミたち』の教訓は、天井からさかさまにぶら下がり、死んだふりをしてネズミをつかまえたり、からだに粉をまぶして白くなって隠れていたりするネコのような女性にはだまされないようによくよく注意して、深入りせずに退却するのがもっとも安全だと教える。

「だれがネコの首に鈴をつけるか」で有名な『ネズミの会議』（第二十五話）の話のほうは、がさつで礼儀知らずの女性には、ちょっと愛情をかけてやるのが一番いいやり方だが、そんなことをすると、かえってめんどうな問題を引き起こすだけだと警告している。

愛するあまり、子どもを抱きしめて窒息させてしまうサルの話（『サルと子どもたち』第十一話）も、メンドリがトビから守るために、ヒヨコたちをかごに押し込む話（第十三話『メンドリとヒヨコたち』）も、自分では気づかないうちに残酷な仕打ちをする女性と、それを警戒する男性の物語になっている。

第十三話のヒヨコを襲う恐ろしいトビが女性で、トビから隠れるヒヨコが男性をあらわしているように見えるのはおもしろい。「残酷な美女の目につかないところにかくれるか、あるいは、もっとやさしい美女に守ってもらっていいなりになるか」と書かれた教訓から、メンドリがもっとやさしい別の女性を指していると読み取れる。

トビといえば、本心を隠して小鳥たちを招待し、結局みんな食べてしまったトビも（第二十二話『トビと小鳥たち』）情け容赦のない女性そのものである。美しさで男性を魅了し、家にまで招待する女性は、自分こそ一番彼女に愛されているのだとうぬぼれ、なにも疑わずにやってくる男性たちから、金品をまきあげることだけが目的なのだ。

よく知られた「キツネとツル」の話（第十四話『キツネとツル』、十五話『ツルとキツネ』）は、キツネがツルを食事に招待し、ツルのくちばしでは飲むことのできない平たい皿でスープを出した話から、「いたずら半分で女性をだますことほど危険な行為はない、かならず復讐されるのだ。」と戒めている。たしかにこの教訓どおり、その後ツルは、キツネに細首のびんでスープを供することでみごとに仕返しをする。

同じツルでも、第二十一話『オオカミとツル』のツルはどうやら男性らしい。オオカミから「のどにささった骨をぬいてほしい。」と頼まれて、そのとおりにしてやったツルが「お礼は?」と聞くと、オオカミは「おまえを食べなかっただけ、有り難く思え。」という。そして、教訓には、「つれない女性に仕えて苦労の多い男性は、当然の権利を要求するより、人に尽くすツルにならなければ」と書かれている。

一方、『オオカミとヤマアラシ』(第二十九話)のオオカミは男性で、常にとげで身を守っているヤマアラシが、男性の甘い言葉に負けないしっかりした女性ということになる。『裁判官のサル』(第十八話)はオオカミとキツネの両成敗の話だが、恋人二人がどちらも礼儀知らずで粗野だったら、迷うことなく、女性はこのサルのようになって、両方とも追い払ってしまうのが一番いいと教えている。

たとえ魅力的な美人でも、自慢ばかりする浮気な女にひっかかるのは、ちょうど考えなしに深い井戸に降りて行って、出られなくなったヤギよりもっと嘆かわしいというのが第二十四話の『キツネとヤギ』である。キツネに利用されて、さんざんばかにされるヤギは思慮のない愚かな男性のことにちがいない。同じく、『イルカとサル』(第三十三話)を読むと、どんなに金持ちでかっこよくても、知ったかぶりをする浅はかな男性は、サルのように海へ投げ出されて当然だということだろう。

サルは比較的よく登場する動物だが、先述の『動物寓話集』に多く見られる母ザルの話はその源泉をイソップにまでさかのぼることができる。サルは双子が生まれると、片方だけをかわいがり、もう片方をうとんじる習性があるといわれている。猟師に追われると、母ザルはかわいがっている子だけを抱きかかえて逃げる。嫌われているほうは必死で母親の首にしがみつく。逃げるのに疲れた母ザルは途中で両手を放してしまい、そのためかわいがっている子どもを失い、首にしがみついていた嫌われ者だけが助かるという皮肉な結果になる。

この話が『愛の動物寓話集』では、男女の三角関係の比喩に使われる。猟師に追われて、愛する子どもを手放す母ザルのように、自分の恋焦がれている女性がいつか相愛の男性を捨てて、いまはつれなくされながらも夢中でしがみついている自分のほうを見直してくれないだろうか、という片思いの男性のかなわぬ願いとなっている。恋愛を中心にした、このような独特な解釈は、ペローとも通じ合うところが大きい。

「庇《ひさし》を貸して母屋《おもや》をとられる」という諺を思い起こすのが、『ヘビとハリネズミ』(第三十七話）である。この二匹は同じ穴で暮らしていたが、ハリネズミのとげで刺され、痛くてたまらなくなったヘビが、「よそへいってほしい。」と頼むと、ハリネズミは「君のほうが別のすみかを探せばいいじゃないか。」と答える。つまり、もとから住んでいたヘビのほうが追い出される破目になるのだ。

しかし、この話の教訓は変わっている。「恋人である女性に、自分の友人を紹介するのはまちがいのもと、友人はこの女性から愛されるようになり、はじめの男性はかわいそうなヘビと同じ扱いを受けるだろう。」というのが結論である。

女性が攻撃的に描かれる一方、男性は弱い動物や鳥になぞらえられ、どことなく自信のなさ、不確かさを浮き彫りにするたとえが多い。

そんな男性でも、世の中で堂々と生きていくには、美しさだけがすべてではない（『クジャクとカササギ』第九話）と教えられる。美しさにより王さまに選ばれたクジャクについて、「美しさよりも、クジャクにはない徳を、もっと大切に考えるべきだ。」とカササギは主張するのだ。

「人間のように話すことができる。」といばっているオウムに、サルは「自分は人間のすることなら、何でもできる。」といって、水浴びをしている少年のシャツを取って着てみせる。けれども、身動きが取れなくなって、少年につかまえられ、鎖につながれてしまう。この話から、できること以上によけいなことをしてはいけない、女性に気に入られようと努力しすぎると、かえって女性にうとまれる（『オウムとサル』第十七話）ことがわかる。

しかし、そういいながらも、女性の心をつかむには、ウサギのように自分の長所を過信せず、根気よく努力するカメにならなければいけない（『ウサギとカメ』第二十話）とも主張する。さらに、女性に魅了されたら、一生彼女に忠実であるか、あるいは彼女から永久に身を隠すかのどちらかだ（『動物たちの戦い』第十二話）、要するに、どっちつかずのコウモリになるなと戒める。これらの話と教訓を読むと、男性が恋の勝利者になるのは至難の業であることがよくわかる。

それでも、『クジャクとウグイス』（第十六話）に見られるとおり、「あるものは礼儀正しく、あるものは親切だ。それぞれが女性に気に入られるような長所をそなえている」のだから、がっかりしなくていいのだよと男性を励まし、安心感も与えてくれる。

現代の私たちが本作品を読むと、寓話と教訓がぴったり合って納得できるものがある一方、どこか独りよがりで違和感があり、首をひねるものもいくつか見られる。だが、時代や社会のちがい、人間心理の移り変わりを考慮すると、寓話の読み取り方が人それぞれである点は興味深い。

迷路と迷宮

実際のヴェルサイユ宮の迷路は、維持が困難などの理由で、一七七八年に廃園になり、後に「王妃の樹林」として生まれ変わった。しかし、ペローの著作『ヴェルサイユ宮の迷路』は、あまり知られていないにしろ、現在まで生き続け、往年の迷路の記憶を伝えている。ヴェルサイユ宮殿は、庭園ばかりでなく、二百二十六の居室のある建物内部も巨大迷路と表現されている。今もひまわり畑やとうもろこし畑、芝生や岩石、水の流れなどを使って、歩いて楽しむ実在の迷路が、世界のあちこちに作られている。

迷路はさまざまな文明圏の歴史に登場するが、もっとも古い迷路を思い起こさせるものとしては、旧石器時代のシベリア地方の墓で見つかった絵図ではないかといわれている。また、建築物として一番古い迷路・迷宮は、エジプトで作られたものだと、ヘロドトスが

その著書『歴史』の中に記録している。（松平千秋訳、岩波書店、一九七一）
「また、十二王は共同で記念物を残すことをきめ、モイリス湖のやや南方、〝鰐の町〟といわれる町とほぼ同じ線上に、〝迷宮《ラビュリントス》〟を建てた。私は自分の眼でこの迷宮を見たが、それは誠に言語に絶するものという他はない。ギリシャ人の手に成る城壁やさまざまな建造物をことごとく集めても、この迷宮に比べれば、それに要した労力といい費用といい、とても及ばぬことは明らかである。……（中略）
迷宮には屋根のある中庭が十二あり、六つが北向き、六つが南向きで、正面入り口が相対し、かつすべて接続しており、同じ外壁で囲まれている。部屋は二層をなして地下室とその上に建てられた上部の部屋とがあり、部屋数は各層がそれぞれ千五百、両層合わせて三千ある。」と具体的に、見たとおりに記されている。ただ地下室だけは、この迷宮を建てた諸王と聖なる鰐を葬った部屋があるといって、係のエジプト人がどうしても見せてくれなかったので人づてに聞いたことを記すしかないとしている。しかし「上層の各室は、その人間業とは思えぬ壮観さを私は目《ま》の当たりに見たのであった。」
その迷宮のみごとさは、「中庭から各室へ、そこから柱廊へ、柱廊からまた別の部屋へ、さらにそこから別の中庭へと巡ってゆくと、部屋から部屋への通路に見るものも、中庭から中庭へめまぐるわしいほど〈原文ママ〉曲折しつつ眼にするものも、すべて限りない驚嘆の的であった。これらの建物の屋根はすべて、塀と同じく石材を用いており、石塀には一面彫刻が施され、中庭はいずれも隙間もなくピッタリと組合わされた白石の柱列を、そのまわりにめぐらしている。」と、まるで目にうかぶように描写されている。

迷路・迷宮（Labyrinthe《ラビラント》）という言葉からは、ギリシャ神話の中でよく知られた、もっとも古い迷宮の物語を思い起こさせる。

「クレタの王ミノスは、牡牛の身体と人間の頭をしたミノタウロスという怪物を飼っていた。この怪物は非常にどう猛で、ダイダロスという匠《たくみ》の作った迷宮の中に閉じ込められていた。アテナイの七人の少年と七人の少女が、毎年この怪物の餌食にされるために送られていて、アテナイの人々はミノス王にささげるこの生贄のために、ひどく苦しんでいた。

怪物が閉じ込められている迷宮は、その中に入れられたら最後、どうしても出口を見つけることができないほど巧妙に作られていた。だからミノタウロスはもちろん、餌食になる人間の生贄もけっして外へ出ることはできなかった。

アテナイ王の息子テーセウスは、なんとかこの災難から人々を救いたいと思い、父王から止められたにもかかわらず自分も生贄の一人となって、ミノス王にお目通りをした。ミノス王の娘アリアドネは、テーセウスを一目見ると、深く恋するようになり、怪物を殺す剣と糸玉をひそかに与えた。テーセウスは、迷路の道しるべとなる糸玉と剣のおかげで、みごとに怪物を仕留め、無事に外へ出ることができた。しかし、勝って無事に帰るときは、黒い帆のかわりに白い帆をあげるという父王との約束を忘れたため、父王はわが子は殺されたのだと思って、自殺してしまった。それで、テーセウスは帰国後、英雄としてアテナイの王になった。」（『ギリシャ・ローマ神話』ブルフィンチ作、野上弥生子訳、岩波書店、一九七八）

この迷宮を作ったダイダロスという名人は、エジプトの迷宮にヒントを得て学び、自分の傑作を完成させたのではないかと考えられる。彼の作った迷宮も「それは数知れず曲がりくねった廊下や、横路のついた建物で、廊下や横路がみな通じ合って、初めも終わりもないようなもの」だったと書かれている。

彼はミノス王のためにこの迷宮を作ったのだが、後に王の寵愛を失い、この迷宮の秘密が外へもれないようにとの王の謀略で捕らえられ、（一説では、ダイダロスがアリアドネに知恵を授けた罰として）息子のイカロスとともに高い塔に閉じこめられてしまった。まわりはみな番兵に監視されているので、外へ出るためには、空を飛ぶしかなかった。そこで、苦心の結果、鳥の羽を集めて蝋でくっつけ、背中につけて飛び立つが、息子のほうは太陽に近く飛びすぎたために、蝋が溶け、羽がばらばらになって海へ落ちて死んでしまう。

この有名な物語である「イカロスの飛翔」は、知識や霊性へ向ける精神や魂の高揚にもたとえられる。使命達成を指し示す「アリアドネの糸玉」とともに、比喩的表現としても後世に伝えられていく。迷宮を作ったダイダロスの名前は、フランス語ではそのまま迷路を指す単語にもなり（Le dédale《ル・デダル》）、だれも出ることのできなかった迷宮から無事に戻ったテーセウスは、「勇気」と「力」、彼を助けたアリアドネは、「心の細やかさ」と「知恵」の象徴となった。

迷路と宗教

また、迷路の神話は、昔から人間の存在やその生き方を考えさせる。人間は、この世に生まれて以来、常に自分自身がなに者であるか、なんのために生まれてきたのかを知ろうとつとめながら迷っている。それはちょうど、暗闇の迷路を手さぐりしながら、出口を探す姿とよく似ている。また、迷宮の真ん中に閉じ込められたミノタウロスのように、自分自身に見られる多くの悪や欠点を、心の奥底に封印してしまおうとする心の働きもある。

教会の床に描かれた迷路（『シャルトルの大聖堂』F. クロザ画、J. J. ブリズバール文、石田友夫訳、西村書店、1986/ "L'histoire et la vie d'une cathédrale", illustration de François Crozat, texte de Jean-Jacques Brisebarre © Berger-Levrault/CNMHS, 1981）

きわめて複雑な人間心理とともに、広大な宇宙の一隅で、思考をめぐらし、深い悩みを抱える人間という存在が浮き彫りになる。人間はどこから来て、どこへ行くのか、二度とこの世に帰ることができない死とはなにか、などを自問し、その問いへの答えを見つけるために苦しみ、あがき、迷う人間の姿は、物語のなかで迷路をさまよい、出口を求める人々と重ね合わせることができるのではないだろうか。

迷路についてのギリシャ神話は、エジプトのそれと似てはいるが、エジプトの人々が中心へ到達することを一番大事なことと考えたのに比べると、ギリシャの人々はもとに戻ることに重点を置いていたといわれている。

中心へ到達することの大切さを説く迷路は、キリスト教の教会にも見られる（**図**）。聖堂の床に描かれた迷

アミアン大聖堂の床に描かれた迷路（©S. Wakatsuki）

路の中心部を神の国「天国」になぞらえ、そこへ到達するまで、祈りながら、可能ならばひざまずいたままで迷路をたどるというものだ。

　このような迷路は、すでに四世紀に、アルジェリアのエル・アスナムの教会の床に彫られたものが知られているが、ヨーロッパ大陸では六世紀を待たなければならない。迷路のある一番古い聖堂はイタリアのラヴェンナにあるといわれているが、大きな迷路として有名なのは、アミアン、シャルトル、トゥルーズなどフランスの有名な大聖堂に多い（図）。どこの聖堂でも、迷路は悪魔の入口といわれる西方にあった。西は太陽が沈む方角なので、死の方角とされ、まっすぐに進むことしかできない悪魔は、迷路の中心へ着く前に迷いの罠に落ちるとされた。

　キリスト教信者は、贖罪のために、聖地への旅を象徴する迷路をたどった。迷路の形にはいろいろなものがあったが、教会の迷路として普通に見られるのは、十一の輪からなる円環で、永遠、無限、神の力の象徴だった。円にはまた、完全性・一貫性を示す意味もあり、古代からずっと、同じような考え方が受け継がれてきたらしい。

ほかにも彩色をほどこした迷路の装飾絵がよく知られ、八世紀に、ケルトの僧たちによって描かれた『ケルズの書（The Book of Kells）』（注1）のように、何冊かの宗教書の中に見られる。

ところが、中世の終わりごろになると、迷路は悪と同義語となり、罪や迷いを表す呪われた場所とされるようになった。教会では、聖堂の床に描かれた迷路を消したり、壊したりするようになり、それができない場合は、敷物で隠したり、信徒には意味のないくだらない遊びと考えるように仕向けたりもした。このような大掛かりな破壊活動は、多くのキリスト教国で行われたので、現代まで初期のままの形で残っているものは多くない。

しかし、その後も迷路は生き続ける。ルネッサンス期までは、宗教的建物の中にあって、霊的な対象とされてきた迷路が、十六世紀以降は世俗の楽しみ、つまり遊びの要素を色濃

注1　ケルト模様の聖書の手写本、アイルランドのケルズ修道院で完成。三大ケルト装飾写本の一つで、アイルランドの国宝になっている。世界でもっとも美しい本といわれている。

く持つようになっていった。ヨーロッパ諸国の多くの庭園では、樹木で作られた迷路が広まった。ヴェルサイユ宮の庭園の迷路もその一つだろう。

　歩いて楽しむばかりでなく、迷路はこの後、文学や音楽、または数学の中にも取り入れられるようになった。現代では、子どもの知育発達のためにも使われ、机の上で筆記用具によって迷路をたどる問題集・ドリルまである。


　ペローの『ヴェルサイユ宮の迷路』にもどってみよう。ペローは古代ギリシャ・ローマよりも自分の生きている時代（十七世紀）の文学のほうがすぐれていると主張したにもかかわらず（次の「ペローとフランス児童文学」参照）、本作品はイソップ寓話を土台にし、ギリシャ神話の神々も登場するなど、いわゆる古典文学を下敷きにしている。この他にもギリシャ古典を取り入れた作品がいくつかある。一見矛盾するようだが、これはイソップ寓話に独自の新しい解釈を施した創作であり、他の作品もペローがパロディ化したものと考えられる。

　それはちょうどペロー昔話のパロディがいくつも生み出される現代の状況とよく似ているのではないだろうか。

ペローとフランス児童文学

フランスの児童文学は、シャルル・ペローから始まると考えられている。なぜなら、まだ大人と子どもが未分化であり、子どもを「小さい大人」としてしか見ていなかった時代に、自分の著書の読者として、子どもを想定した最初の作家がペローだったからである。「韻文による物語（注1）」（『グリゼリディス』『ロバの皮』『愚かな願いごと』の三篇からなる）の序文の中で、ペローは次のように主張している。

「私たちの先祖が子どもたちのために考え出した物語は、お話の中に、賞賛に値する役に立つ教訓をこめている。そこでは、どんなときも善が報われ、悪が罰せられる。生まれながらの公平さを、まだだれからも損なわれていない無邪気な子どもたちの心は、信じられないほど夢中になって、この目に見えない教訓を吸収するのだ。

心の中にまかれた種は、はじめは喜びと悲しみという感情しか生み出さないが、時がた

注1　韻文―字数や末尾の音節を一定の決まりでそろえた詩などの形式。
散文―韻文のような制限のない文章。

つとかならずよい性質となって花開くだろう。」

子どもと教育に対するこのような考え方は、主として農村社会の当時のフランスではひじょうに進歩的で、おそらくはペローが生きていたブルジョア階層・知識階級といった限られた世界でしか通用しなかっただろう。

だがペローの物語は、『赤ずきん』にしろ『シンデレラ』（サンドリヨン）にしろ、たとえ作者の名前は知らなくても、いまは世界じゅうの子どもたちに親しまれている。そのことから考えると、それまでの読者である宮廷の人々、とくに貴婦人たちのほかに、はっきりと子どもを意識し、子どもに語りかけようとしたペローの意図は、現在まで生き続けているといえるだろう。

ペローと教科書

フランスの学校では、最近でもペローの作品が国語教材として使われている。

いま私の手元に、中学一年生用の教科書『ペロー昔話』がある。これは大手教科書出版社のアシェット社から出ているビブリオコレージュ（Bibliocollège）シリーズの一冊で、

フランスの教科書に採用されているペローの昔話（“Contes”© Hachette livre, 1999)

このシリーズには、同じく十七世紀に活躍したモリエールやコルネイユ、さらにユゴー、バルザック、フロベール、ドーデ、モーパッサンなど十九世紀の巨匠たち、またグリムやアンデルセンといった外国の作家の文学作品も数多く収録されている。

この教科書には、散文で書かれた『昔話集』の中から、『眠れる森の美女』と『とさか頭のリケ』を除いた六篇の物語が全文掲載されている。（なぜこの二篇が省かれているのか理由はわからないが。）そして前書きに『昔話集』についての紹介文、巻末にはペローとその時代についての解説文が掲載され、そのほかペローの物語をパロディにした現代の有名な作品が二、三篇とクイズも添えられている。また、それぞれの物語の末尾にさまざまな設問があり、それを見ると、現代の子どもたちがペローの昔話から、なにをどんなふうに学ぶのかがわかって興味深い。

舞台を日本に置き換えて描かれた『妖精たち』（“Contes”, illustration de Adrian Marie, S. Bianchetti/Selva, © Hachette livre, 1999)

まず物語の内容に関して、読み取りが正しくできているかどうかを確認する質問と、続いてもっと掘り下げた読み方や想像力・表現力を試す質問があり、話す・書くの両方から答えることが要求される。たとえば作文の出題として、「サンドリヨンを現代の女の子にして物語を書き換えなさい。」「青ひげの妻が自分の体験を友人に知らせる手紙を書きなさい。」などがある。単語や文法の項目では、同音異義語、熟語、古語をよく調べることの大切さがわかる。当然ながら『サンドリヨン』の靴で有名な verre《ヴェール》（ガラス）と vair《ヴェール》（リスの毛皮）という同音異義語も取り上げられていて（6章参照）、「この二語以外にあと三つ、合計五つの同音異義語を見つけなさい。」という質問もある。

　なお、この教科書では、有名なギュスターヴ・ドレ（Gustave Doré）の絵をはじめエピナル（Epinal）の版画や新聞のマンガ、映画のスチールなど物語関連の実にさまざまな挿絵が目を引く。とくにめずらしいのが『妖精たち』の章に見られる一枚の挿絵で、一八八四年にアドリアン・マリー（Adrien Marie）というイラストレーターが物語の舞台を日本に置き換えて描いた絵が使われている（図）。十九世紀の異国趣味の典型とも見えるこのイラストは、ヨーロッパで好奇の的となって評判を呼んだことが、注に記されている。

ペローとイラスト

ペローの物語は、十七世紀の初版本（六百部限定の手書き原稿の本）の挿絵からはじまって現代まで、数多くのイラストで彩られてきた。中でも、もっともよく知られ、すぐれているのが十九世紀のギュスターヴ・ドレの版画である。同時代の名編集者として名高いエッツェル（Pierre-Jules Hetzel）は一八六一年、ドレの挿絵を使って『ペロー昔話集』を出版し、その豪華でぜいたくな造本が話題を呼んだ。同年十二月二十三日付けの新聞「ル・コンスティテュシオネル（Le Constitutionnel）」紙上には、この本をほめたたえるサント＝ブーヴ（Sainte-Beuve）の長い記事が掲載されている。「なんというぜいたくさ、なんという進歩だろう！……この本が新しく出版されたことによって、これまでの出版物はすべて時代遅れになってしまった。記念すべきただ一つの本は、王さまからのお年玉だ。……このすばらしい本をほめたたえるのに、どんなふさわしい言葉があろうか……」などと感嘆の表現が次々に続く。そのほか現代では、ユーモラスで、華やかな色彩のフェリックス・ロリウー(Felix Lorioux)、ナイーヴで牧歌的なダニエル・ブール(Daniele Bour)、幻想と現実が入り混じったようなチェコのエヴァ・フラントヴァー(Eva Frantova)、さらに一話ずつ独立した絵本として描かれたフェリックス・ホフマン(Felix Hoffmann)の『ねむりひめ』、ジャン・クラヴリ(Jean Claverie)の『青ひげ』と『赤ずきん』、エリック・バテュー(Eric Battut)の『赤ずきん』、ハンス・フィッシャーの『長靴をはいたネコ』は、それぞれユニークな個性にあふれ、表現力豊かな傑作として忘れがたい。

ここではほんの数例にとどめておくが、ペローの物語はほとんど常にさまざまなイラストと一体になって、絵物語・絵本として紹介されている。そのため、ますます子ども向きのお話と見なされる傾向が強くなったのではないだろうか。では実際、ペロー昔話は、単なる児童文学にすぎないのだろうか。もちろん、ペロー自身が子どもを読者に想定したとおり、おもしろい筋書き、こめられた寓意、簡潔な文章は子どもにわかりやすく、じゅうぶん楽しめる。この点では、まさに「楽しませながら教育する」児童文学の典型ということもできるだろう。しかし同時に、自分の生きている時代のリアルで詳細な描写、人間観察・風刺をこめた文章や教訓は、小さい子どもよりもむしろ、大多数の読者であった貴族の令嬢や夫人、主として当時の若い女性を対象に書かれたはずである。

現代作家ミシェル・トゥルニエ（Michiel Tournier）は、ペローやラ・フォンテーヌを自分の理想の作家として高く評価している。「しかし彼らは子どものために書いたのだろうか。いや、そうではない。彼らはただ書いただけで、それが子どもたちにも読まれたということだ。」といって、けっして狭い子どもの領域の文学にとどまらず、おとなにも子どもにも親しめる作品であることを強調する。とりわけペローが物語の末尾に付けた韻文の「教訓（モラリテ）」の多くは、おとなのために書かれていて、小さい子どもには理解しがたいだろう。さらに、物語の主題であり、拠りどころとなっている口承伝承・民話も、けっして子どもにとどまらず、広く一般民衆が語ったり聞いたりした話なのだ。ペロー昔話があまりにも有名になったために、往々にしてその素材となっている民話そのものまで子ども専用にされたり、ペロー独自の創作であるとの誤解を招いたりすることがあった。それが、民話学研究の支障にもなったと思われる。

『フランスの民話』のあとがきに、著者ミシェル・シモンセン（Michele Simonsen）は「研究者はやっとペローの硬直した影響から解放されて（この大木が長い間森の存在を隠していたのだが）民俗学者たちの原資料に目を向け始めた。」と記している。（樋口　淳・仁枝訳、白水社、一九八七）

それでも、ペロー昔話が長い間当然のように「童話」と呼ばれ、日本でもフランスでも、子どもの本であると考えられてきたのは事実である。児童文学が一般文学に比べて、一段低く見られる傾向はどこの国も大差ない。一般向けの「フランス文学史」をひも解いてみれば、十七世紀の章に登場するペローについては「新旧論争をあおって、近代派に与した文学者。」または「昔話集をまとめる。」など一、二行でしか紹介されていないのを見てもよくわかる。同じく子どもにもなじみ深いラ・フォンテーヌについての詳細な説明と比べると大変なちがいである。

ペローと新旧論争

ここにいわれる「新旧論争」とは、古代ギリシャ・ローマの古典の価値を高く評価する古代派と、自分たちが生きている時代のほうがよりすぐれているとする近代派（新時代派）が互いに論戦した文学論争を指す。古代派・近代派という呼称は、ペローの『芸術と学問に関する古代人と近代人の比較（Parallèle des Anciens et des Modernes）』という著作によって確定的になったといわれている。（参考『十七世紀フランス文学入門』ロジェ・ズュベール著、原田佳彦訳、白水社、一九九三）

古代ローマのアウグストゥスの治世下では、ウェルギリウスやオウィディウスなどラテン文学を代表する詩人が大勢活躍し、古典時代の最盛期と見なされた。このような古典を拠りどころとする古代派にはラ・フォンテーヌ、ラシーヌ、ラ・ブリュイエールの名があげられるが、中でも勢力的に活動したのがボアロー（Nicolas Boileau）である。

　詩人としてのボアローは、ホラチウスやユウェナリスにならって『諷刺詩』を著し、この分野で大成功する。またアリストテレスの『詩学』から着想を得て『詩法』を書き、古典主義の文学理念をまとめ、正統の古代派としての使命感をもって、芸術の品格を説いた。

　一方の近代派ペローは、一六八七年にアカデミーにおいて「ルイ大王の世紀（Le poèm du siècle de Louis le grand）」という長い詩を朗読し、ルイ十四世の治世はアウグストゥスの時代を超えてすぐれているとの自分の態度を表明した。このことから、古代派、とくにボアローとの戦いがはげしくなった。この宣言詩の中では、自分たちの時代の価値と文学者たちの質の高さが誇らかにうたわれ、それまで比類のないモデルと見なされてきた古代ギリシャ・ローマの作家たちが批判された。

この点に関して古代派のラ・ブリュイエールは、その著書『カラクテール』（関根秀雄訳、岩波書店、一九五二）の第一章「文学上の著作について」の中で、明らかに近代派の首唱者ペローを指して次のように批判する。

「人は古代人と近代人の中のえらい人たちから養分を受け、そこから吸い取ったもので自分の著作をふくらませる。ようやく作家になって独り立ちすると、彼らに楯突き踏んだり蹴ったりする。まるでおいしいお乳をたっぷり飲ませてもらって丈夫に育った子どもたちが、その乳母たちをぶんなぐるように。」

一方、ペローの主義主張は、前述の「序文」の中にも披露されている。それが具体的に作品となって評判になったのが、一六九七年の『過ぎし昔の物語と教訓』、いわゆる散文で書かれた八篇の物語を収録した「昔話集」である。すでにこの本の出版以前に、論敵ボアローとの和解が成立していたが。

「ペローはその理論に従って、この世紀の壮大な詩の（困難な）継承を引き受けた。『聖ポーラン』（一六八六）を出したあと、かつての『ラ・ピュセル（ジャンヌ・ダルク）』と同様、彼の敵対者から酷く嘲笑されたが、さらに『新改宗者へのオード』（一六八六）、『アダム、あるいは人間創造』（一六九四）が出た。これらの力作は、ペローの内部では、逆説的に、ボアローがその真価を見出しえなかった創作、つまり、妖精物語の創作と、結びついていたのである。」（『十七世紀フランス文学入門』〈前掲〉

別名「ガチョウおばさんの話」とも呼ばれるこの著作の特色は、古代ギリシャ・ローマの神話や文学理論ではなく、フランスの農村で語られてきた民間伝承を基盤にして書かれたところにある。当時の上流知識階級の人々にとって、取るに足りない口伝えの昔話を素材にして生み出された妖精物語は、昔からフランスに伝わってきた民話のすぐれた価値を示し、古代派に対する有効な反論手段であると同時に、近代派のもっとも堅固な遺産になった。ペローはこの物語を書くことで、近代派の主張により多くの共感を求め、これまでの文学の刷新を願ったにちがいない。

新旧論争の意義は、単に古代と近代の優劣を争うだけでなく、普遍の真理とされていた古典主義に疑問を投げかける人々が登場したことから、人間の進歩や個性に価値を置く傾向が強まったところにあるといえるだろう。

本当の作者はだれか？

さて、「たぐいまれな、じつに巧みな筆づかいで、ペローは彼の読者を、幼少期の精神に帰るように促した」と評される（『十七世紀フランス文学入門』〈前掲〉）この『昔話集』だが、なぜか作者がペローではなく、ペローの末息子ピエール・ダルマンクールの名前になっている。一六九五年の手書き本にもＰ・Ｐと署名があり、これはピエール・ペローの略字にちがいない。そのため、ほんとうの作者は父なのか、息子なのか、長い間いろいろな解釈や議論が重ねられ、大きな謎になっていた。

当時は父子の合作説、時代を経るにつれて父の作とする説が有力になる。ペローは韻文で『愚かな願いごと』を書いてボアローからさんざん嘲笑されたため、今度は散文で子どもにも読めるように書いた民間の物語を自分の作として発表する気になれず、非難を恐れて息子の名前を使ったにちがいないと考える人々もいた。いわゆる「隠れ蓑」説である。

一方、ポール・ドゥラリュ（Paul Delarue）によれば、ペローの姪で自身も昔話をもとに妖精物語を書いていたレリティエ嬢の証言に注目すべきだという。一六九五年にレリティエ嬢がペローの娘、つまりピエールの姉にあてた献辞の中で、ペローの三篇の韻文が好評だったと記した後に、ペロー家の息子が最近楽しみながら書き記した昔話が話題になったこと、自分の物語も彼の昔話収集ノートに加えてもらえないだろうかと述べている。

これによると、ペローの『昔話集』の出版以前に、ピエールの書き留めた昔話の記録が実際にあったらしいことがわかる。いまでは、息子が興味を持って収集した昔話に、父が書き足したり、すっかり書き直したりしてこの本ができあがったとの仮説が一般的だが、息子のほうは早逝し、はっきりした証拠が残っているわけではない。

実はこの『昔話集』にも献辞が付いている。献辞とは自分の著書をだれかに贈呈するときに記す言葉であり『昔話集』の献辞は十代後半の青年が同世代のまだ若い王女（エリザベット・シャルロット・ドルレアン内親王、ルイ十四世の弟フィリップ・ドルレアンの娘）に、つまり階級の差はあっても、若者から若者へ捧げたことになっている。そのほうが内容から見ても、七十歳に近い老人、それもアカデミー会員で学識豊かな文学者が書いたというより、はるかに若く清新な雰囲気や新鮮味が伝わってくる。そのこともペローの計算の一つだったのではないかと思われる。実際この本は、出版されるとまもなく貴族のサロンで大評判になり、成功を収めたという。

献辞にこめられた意味

『過ぎし昔の物語と教訓』の初めに書かれた献辞についてみることにしよう。

王女にあてた献辞には、次のような主旨が述べられている。まず、昔話には大切な教訓がこめられているので、読者の賢さの程度に応じて、学ぶことができること、そして寓意の読み取り方にはさまざまな可能性があること、また、物語は読者の精神の広がりによって、多くの想像力を働かせながら理解されるということである。もちろんこの献辞は、父親のペローが書いたにちがいないが、現代の読書にも通じる考え方として興味深い。たしかに、長く読み継がれるすぐれた作品には、おもしろさと同時に奥深い豊かさがあり、年齢や知的水準に応じていろいろな読み方、楽しみ方ができる。ペロー昔話も例外ではない。

次に、身分の低い庶民の話だから分別のないところも多いが、庶民を導く立場の王女であれば、こうした庶民の暮らしや考え方を知ることが大切だといっている。庶民や子どもに語られ、よく知られた素朴な民間伝承を、どのようにして読者である貴族・上流階層の主に年ごろの女性にふさわしい読み物に仕立て直すか、そこにこそペローの真の役割があったと思われる。物語の終わりに含みの多い教訓がつけられていたり、当時の風俗や社会状況を生き生きと描き出しているのも、ペローの役割と無関係ではないだろう。

ペローの昔話集の特色である寓話性とリアリズムは、フランス児童文学の基盤となってこのあと長く生き続けていくことになる。

ペローの著作が生まれるまでに、多くの口承伝承や書物が存在して影響を与えたように、ペロー以後は、ペローの作品をもとに、その影響を受けた物語がたくさん生まれた。

このように物語の森は奥が深く、さまざまな小道が縦横に続き、はるか行く手にはうっそうと茂る木々の間に、一筋の光も射している。おとなも子どもも、物語の森を気の向くままにさまよい歩けば、自身にとってなにか大切なものを見つけることができるだろう。森を散策する楽しみは、いくつになっても尽きることがない。

パリのテュイルリー公園にあるペローの像。ペローはこの宮殿の庭園を庶民の子どもたちに開放し、自由に散歩できるようにコルベールに進言して実現したという功績がある。公園には、『昔話集』の作者ペローにふさわしく、子どもと「長靴をはいた猫」に囲まれたペロー像が建てられた。

著者●末松氷海子（すえまつ・ひみこ）
1937年兵庫県芦屋市に生まれる。早稲田大学政治経済学部新聞学科卒業後，北フランスのリール市カトリック大学新聞学部に留学し，児童出版物の研究をする。帰国以来，大学などで講師を務めたほか，児童書の翻訳紹介を続けている。
主な著書に『フランス児童文学への招待』，訳書に『ペロー 昔話・寓話集』『アルザスのおばあさん』『アリスのふしぎな夢』（以上，西村書店），『ぼくは英雄を見た』『おじいちゃんの休暇』（偕成社），『ナディアおばさんの予言』（文研出版），『青い鳥』（岩波書店），『片目のオオカミ』（白水社）など多数。

ペロー昔話を読み解く―赤ずきんの森へ

2015年4月1日　初版第1刷発行

著　者　末松氷海子
発行人　西村正徳
発行所　西村書店　東京出版編集部
〒102-0071 東京都千代田区富士見2-4-6
Tel.03-3239-7671　Fax.03-3239-7622
www.nishimurashoten.co.jp
印　刷　三報社印刷株式会社
製　本　株式会社難波製本

ISBN978-4-89013-708-4　C0098

西村書店 図書案内

カラー完訳豪華愛蔵版

ペロー昔話・寓話集

ペロー［作］ フラントヴァー［絵］ 末松氷海子［訳］

A4変型・368頁●3800円

想像力をかきたてる、けれども現実味もある、古くから語り継がれてきたお話と素晴らしい挿絵のつまった愛蔵版。あまり知られていない作品や、日本では初訳となる作品も収録。

カラー完訳豪華愛蔵版

アンデルセン童話全集〈全3巻〉

アンデルセン［作］ 天沼春樹［訳］

ドゥシャン・カーライ／カミラ・シュタンツロヴァー［絵］

A4変型●各3800円

アンデルセン童話156編すべてに挿絵を描いた渾身の全3巻。国際アンデルセン賞受賞画家カーライとカミラ夫妻初の共作。読みやすい新訳で登場。

▼第I巻 576頁 ●古い街灯 ●親指姫 ●パンをふんだ娘 ●小クラウスと大クラウス ●人魚姫 ●赤い靴 含む54編

▼第II巻 560頁 ●モミの木 ●雪の女王 ●幸福な一族 ●マッチ売りの少女 ●深い悲しみ ●最後の真珠 含む54編

▼第III巻 536頁 ●旅の仲間 ●影法師 ●賢者の石 ●氷姫 ●真珠のかざりひも ●オンドリと風見鶏 含む48編

カラー完訳豪華愛蔵版

グリム童話全集 子どもと家庭のむかし話

グリム兄弟［編］ デマトーン［絵］ 橋本 孝／天沼春樹［訳］

A4変型・628頁●3600円

おなじみ「赤ずきん」「オオカミと7匹の子ヤギ」「白雪姫」ほか、人も動物もいきいきと活躍する、200年を超えて読み継がれる不朽のメルヘン集（全210話所収）。

ガール・イン・レッド

インノチェンティ［原案／絵］ フリッシュ［文］ 金原瑞人［訳］

B4変型・カラー32頁●1900円

都会の森をぬけ、おばあさんの家へとむかうソフィアは色と騒音にあふれる森の心臓〈THE WOOD〉へと誘われ……。童話「赤ずきん」を国際アンデルセン賞受賞画家インノチェンティが現代風に描く。

フランス児童文学への招待

末松氷海子［著］

四六判・292頁●2800円

フランスの子供の本を、文学だけでなくマンガや雑誌まで歴史の歩みに沿って位置づけ、時代背景とともに紹介するフランス児童文学の入門書。